SIDDHARTHA

Hermann Hesse

싯다르타 오리지널 초판본 표지 디자인

1판 1쇄 펴냄 2025년 8월 15일

지은이 헤르만 헤세
옮긴이 강영옥
해설 김욱동
펴낸이 하진석
펴낸 곳 코너스톤
주소 서울시 마포구 독막로3길 51
전화 02-518-3919
ISBN 979-11-90669-78-8 03850

* 책값은 뒤표지에 있습니다.
* 잘못된 책은 구입하신 곳에서 바꾸어 드립니다.

싯다르타

헤르만 헤세

코너스톤
Cornerstone

차례

1부

2부

siddhartha

1부

존경하는 친구 로맹 롤랑에게 바칩니다.

브라만의 아들

싯다르타는 브라만의 아들이자, 젊은 매, 수려한 청년이었다. 그는 고향의 그늘 아래, 배들이 모여 있는 강가, 사라수沙羅樹 그늘 아래, 무화과나무 그늘 아래에서 역시 브라만의 아들인 친구 고빈다와 함께 성장했다. 강가에서 몸을 씻을 때, 경건하게 목욕재계를 할 때, 신성한 제사를 올릴 때면 싯다르타의 빛나는 어깨는 햇볕에 검게 그을렸다. 망고나무 숲에서, 사내아이들이 놀이를 할 때, 신성한 제사를 올릴 때, 어머니가 노래할 때, 학자인 아버지로부터 가르침을 받을 때, 현자들과 대화할 때면 그의 검은 눈으로 그림자가 흘러 들어갔다. 그는 오래전부터 현자들의 대화에 참여했고, 고빈다와 설전하는 법을 익혔고, 고빈다와 함께 삼매 수행을 하며 명상의 기술을 익혔다. 그는 이미 말 중의 말인 옴Om을 소리 내지 않고 말할 수 있었다. 온 영혼을 끌어모아 숨을 들이쉬며 그 안으로 소리 없이 들어갔다가 숨을 내쉬며 다시 빠져나와 말을 이루는 단어를 표현하는 법을 터득했고, 그의 이마는 맑게 깬 정신으로 광채에 휩싸여 있었다. 그는 존재의 가장 내밀한 곳에 우주와 하나이며 파괴할 수 없는 아트만이 존재하고 있음을 터득했던 것이다.

영리하고 지식을 갈구하는 아들을 보며 아버지의 마음속에는 기쁨이 샘솟았다. 아버지는 아들이 장래에 위대한 현자이자 승려 그리고 브라만의 지도자로 성장하리라 믿었다.

어머니의 가슴속에는 희열이 솟구쳤다. 그녀는 아들 싯다르타가 걷는 모습과 앉고 서는 모습에서 그가 강한 자임을, 수려한 자임을, 날씬한 다리로 걷는 자임을, 기품 있고 흐트러짐 없는 몸가짐으로 자신을 맞이하는 자임을 보았다.

광채로 빛나는 이마와 왕의 눈빛과 늘씬한 허리의 싯다르타가 도시의 골목길을 지날 때 브라만의 아리따운 딸들의 마음은 사랑으로 일렁였다.

하지만 그 누구보다 싯다르타를 사랑한 사람은 친구이자 브라만의 아들인 고빈다였다. 그는 싯다르타의 눈매와 애정 어린 목소리를, 걸음걸이를, 움직임에서 우러나오는 기품 있고 흐트러짐 없는 몸가짐을, 그가 행하고 말하는 모든 것을 사랑했다. 그중에서도 그의 정신을, 고매하고 불꽃 같은 생각을, 타오르는 의지를, 고귀한 소명을 가장 사랑했다. 고빈다는 싯다르타가 세속적인 브라만, 태만한 제관, 주문呪文으로 돈을 챙기는 탐욕적인 상인, 잘난 척하고 속이 텅 빈 설교자, 사악하고 교활한 성직자, 수많은 양의 무리 중 선하지만 미련한 한 마리의 양이 되지는 않으리라는 것을 알고 있었다. 싯다르타는 절대 그렇게 될 리가 없고, 고빈다 역시 그런 인간, 수천 명에 달하는 그런 브라만이 되길 원하지 않았다. 고빈다는 싯다르타를, 자신이 사랑하는 아름다운 그를 따르길 원했다. 언젠가 싯다르타가 신적인 존재가 된다면, 언젠가 그가 환히 빛나는 자가 된다면, 언젠가 그가 환히 빛나는 자에게로 들어가길 원한다면 고빈다는 친구로서, 그의 동반자로서, 종으로서, 창을 들고 지키는 자로서 그를 그림자처럼 따라다닐 작정이었다.

이렇게 모두가 싯다르타를 사랑했다. 그는 모두에게 기쁨이자 즐거움이었다.

하지만 싯다르타는 스스로에게는 기쁨도 즐거움도 되지 못했다. 그는 무화과 밭의 장밋빛 길을 거닐며, 명상의 숲의 푸른 그늘 아래 앉아서 날마다 속죄를 위해 팔다리를 씻으며, 그늘이 짙게 드리워진 망고나무 숲에서 제사를 올리며 기품 있고 흐트러짐 없는 몸가짐을 하고 모두에게 사랑을 받고 기쁨을 주었지만 정작 그의 마음에는 기쁨이 없었다. 강에서 물이 흘러내리듯, 밤하늘의 별빛이 반짝이듯, 햇빛에 녹아내리듯 꿈과 생각이 쉴 새 없이 그를 따라다녔다. 제사를 올릴 때 연기가 피어오르듯, 《리그베다》의 구절을 토해 내듯, 늙은 브라만들의 가르침이 알알이 떨어지듯 꿈과 영혼의 불안이 그를 따라다녔다.

싯다르타에게 불만족이 싹트기 시작했던 것이다. 그는 아버지의 사랑, 어머니의 사랑, 친구 고빈다의 사랑 역시 자신에게 영원한 열락을 가져다주지 못하리라는 것을, 자신의 갈증을 달래 주지 못하리라는 것을, 자신을 채워 주지 못하리라는 것을, 자신에게 만족을 주지 못하리라는 것을 느끼기 시작했던 것이다. 그는 자신이 존경했던 아버지와 스승들, 즉 현명한 브라만들이 이미 자신들이 깨달은 대부분과 최고의 지혜를 전해주었고 그들이 기대했던 그릇을 가득 채웠다는 것을 예감하기 시작했던 것이다. 하지만 이 그릇은 가득 채워지지 않았고, 정신도 채워지지 않았으며, 영혼도 잠잠하지 않았고, 가슴도 채워지지 않았다. 목욕재계는 좋은 일이었지만, 이것은 물에 불과했을 뿐 죄를 씻어 내지는 못했고, 정신적 갈증을 치유하지 못했으며 마음의 불안도 떨쳐 내지 못했다. 신들에게 올리는 제사와 기도는 훌륭했다. 과연 이런 것들이 전부였을까? 제사가 복을 가져다주었을까? 신들은 이것을 어떻게 느꼈을까? 이것이 진정으로 우주를 창조한 프라자파티Prajapati였을까? 이것이 아트만, 그, 유일한 자이며 모든 것이 하나인 존재는 아니지 않을까? 신들이 이런 형상은 아니지 않았을까? 그 역시 나와 너처럼 시간의 지배를 받는 덧없는 존재로 창조되지 않았을까? 이것은 선하고, 옳고, 의미 있는 최고의 행위였을까? 그,

유일한 자, 아트만 외에 달리 누구에게 제사를 올리고 누구를 숭배해야 했을까? 어디에서 아트만을 찾을 수 있으며, 대체 그것은 어디에 살고 있으며, 그의 영원한 심장은 어디에서 고동치고 있는가? 그것은 모두가 제각각 갖고 있는 가장 내밀하고 파괴할 수 없는 고유한 자아 속에서 존재하고 있는 건 아닐까? 그렇다면 이 자아, 가장 내밀하고 궁극적인 자아는 어디에 있는가? 최고의 현자들은 이것이 육신도, 생각도, 의식도 아니라고 가르쳤다. 어디에, 이것은 대체 어디에 있었을까? 그곳으로, 자아에게로, 나에게로, 아트만에게로 나아가기 위한 다른 길, 애써 찾을 만한 그런 가치가 있는 길이 있을까? 아무도 이 길을 가르쳐 주지 않았고, 아무도 이 길을 알지 못했다. 아버지도, 스승들도, 현자들도, 신성한 제사의 노래들도 그 길을 알지 못했다. 이들은 우주의 최고 원리인 브라만과 경전에 대해 다 알고 있었다. 이들은 모든 것을 알고 있었고 모든 것을 돌보았다. 이들은 우주의 창조, 말, 음식, 들이쉬기, 내쉬기, 감각의 질서, 신들의 행위 등 무수히 많은 것을 알고 있었다. 하지만 하나이자 유일한 존재, 가장 중요한 것, 단 하나의 중요한 것을 알지 못한다면 다른 모든 것을 아는 게 가치 있는 일일까?

물론 《사마베다》의 《우파니샤드》에서 많은 경전 구절은 가장 내밀하고 궁극적인 것을 탁월하게 표현하고 있다. "너의 영혼에 삼라만상이 있다." 거기에는 이렇게 쓰여 있었다. 인간은 잠을 잘 때, 깊은 잠이 들었을 때, 가장 내밀한 곳으로 들어

가며 아트만 속에서 살고 있다고 쓰여 있다. 이처럼 이 구절에는 놀라운 지혜가 담겨 있고, 가장 현명한 자들의 모든 지혜가 벌들이 모아 놓은 꿀처럼 마법의 언어에 그대로 농축되어 있다. 그렇다. 수세대에 걸쳐 지혜로운 브라만들이 모으고 간직해 온 위대한 깨달음들은 결코 무시될 수는 없는 것들이었다. 하지만 이러한 심오한 지식을 아는 데 그치지 않고 삶으로 살아 내는 브라만이나 승려들, 현자나 참회자들은 대체 어디에 있을까? 마법의 주문으로 아트만의 존재를 일깨우고 잠에서 깨어 있는 상태로, 삶으로, 차근차근 말과 행위로 실천해 나아가는 진정한 깨달음을 얻은 자들은 어디에 있을까? 싯다르타는 사람들에게 존경을 받는 브라만을 많이 알고 있었다. 그중에서도 정결하고 학식이 있는 그의 아버지는 가장 존경을 받았다. 과연 싯다르타의 아버지는 존경 받을 만한 인물이었다. 그의 태도는 침착하며 고상했고, 그의 삶은 정결했고, 그의 언어는 지혜로웠고, 그의 이마에는 섬세하고 고귀한 생각이 배어 있었다. 그렇다면 이렇게 많은 것을 가진 그가 과연 법열의 삶을 살고 있고 평안할까? 그 역시 구도자, 갈급한 자에 불과했던 것은 아닌가? 그는 성스러운 샘물을 끊임없이 마셔야 하는 갈급한 자, 제사와 경전 그리고 브라만의 대화가 필요한 자가 아니었을까? 한 점의 흠도 없는 그가 왜 날마다 죄를 씻어내고, 날마다 정결함을 위해 애쓰고, 날마다 거듭나야 하는가? 왜 그의 안에 아트만이 없고, 생명의 샘물이 그의 가슴 속으로 흘러 들어가지 않았던 것일까? 그것을, 고유한 자아의 샘물을 찾아야 하고, 가져야 한다. 다른 모든 것은 찾고 있거나 멀리 돌아가는 길, 잘못 들어선 길이었다.

싯다르타는 이런 생각들을 하고 있었다. 그는 이런 것들에 대한 갈증을 느꼈고 번뇌에 시달렸다.

이따금 그는《찬도그야 우파니샤드Chandogya Upanishad》의 구절을 읊었다. "실제로 그 브라만의 이름은 사트얌satyam이라네. 진정으로 그러한 것을 알고 있는 사람은 매일 천계天界로 들어가는 셈이지." 천계는 때로는 가까이 있는 듯했지만, 그는 단 한 번도 그러한 경지에 이른 적이 없었고 근본적인 갈증을 해소할 수 없었다. 그는 내로라하는 현자들에게 이러한 것들을 배웠고 그들의 가르침을 즐겼지만, 그 누구도 이러한 영원한 갈증을 말끔히 해소해 줄 천계에 도달하지 못했다.

"고빈다." 싯다르타가 자신의 친구를 불렀다. "사랑하는 고빈다. 나와 함께 사라수 아래로 가서 삼매 수행을 하자."

두 사람은 사라수로 갔고, 고빈다는 싯다르타 바로 아래 스무 걸음 떨어진 자리에 앉았다. 싯다르타는 옴을 읊기 위해 자세를 갖춰 앉고 다음 구절을 중얼대며 반복했다.

옴은 활, 영혼은 화살,
브라만은 화살의 과녁.
영원히 이 과녁을 맞혀야 하는 존재가 인간이라네.

여느 때처럼 삼매 수행이 끝나자 고빈다가 일어났다. 해는 저물었고 저녁 목욕재계 시간이 되었다. 고빈다가 싯다르타를 불렀지만 아무 대답이 없었다. 싯다르타는 삼매경에 빠져 앉아 있었는데, 그의 두 눈은 저 먼 곳을 응시하고 있었으며, 이 사이로 혀끝이 살짝 튀어나와 숨을 쉬지 않는 것처럼 보였다. 이렇게 그는 삼매경에 빠져 옴을 생각하며 자신의 영혼의 화살을 브라만으로 보냈다.

언젠가 사문沙門들이 싯다르타가 살던 도시를 지나간 적이 있었다. 이 세 사람은 순례를 하는 고행자들로, 말라비틀어진데다 기운이 다 빠진 듯하고, 늙지도 젊지도 않았으며, 어깨에는 먼지와 피가 눌어붙어 있고, 반쯤 헐벗은 몸은 햇볕에 그을렸고, 고독에 찌들어 세상을 낯설게 여기고 적대적이기도 하여 인간 제국의 이방인이자 마치 바싹 마른 자칼과 같았다. 이들 뒤로 고요한 번뇌, 파괴적인 수행, 무자비한 몰아沒我의 향이 뜨겁게 불어왔다.

저녁 명상 시간을 보낸 후 싯다르타는 고빈다에게 말했다.
"친구야, 내일 새벽 나는 사문들에게 가려고 해. 사문이 될 생각이야."

이 말을 들은 고빈다의 얼굴이 하얗게 질렸다. 아무런 동요가 없는 친구의 표정에서 그는 이미 활을 떠난 화살처럼 친구의 결심을 돌이킬 수 없음을 읽었기 때문이다. 고빈다는 첫눈에 바로 일이 이미 시작되었음을, 싯다르타가 이미 자신의 길을 걷고 있으며 그의 운명이 새로운 싹을 틔우기 시작했음을, 자신이 함께하길 바란다는 의미임을 알아챘다.

"그런데 싯다르타, 너희 아버지가 출가를 허락하실까?" 고빈다가 물었다.

싯다르타는 깨달음을 얻은 자처럼 먼 곳을 바라보았다. 단번에 그는 고빈다의 마음과 두려움과 체념을 읽을 수 있었다.

"그래 고빈다, 쓸데없는 말로 시간 낭비하지 말자. 내일 아침 동이 트면 나는 사문 생활을 시작할 거야. 더는 아무 말도 하지 말아 줘." 싯다르타가 나지막이 말했다.

싯다르타는 아버지가 계신 방으로 들어갔다. 아버지는 인피靭皮로 된 깔개 위에 앉아 있었다. 그는 아버지가 자신이 뒤에 서 있다는 것을 느낄 때까지 잠자코 서 있었다. 아버지가 말을 건넸다. "싯다르타, 여기에 있었느냐? 무슨 일로 왔는지 말해 보거라."

싯다르타가 대답했다. "아버지, 허락을 구하기 위해 왔습니다. 내일 출가하여 고행자의 길을 걸으려고 합니다. 사문이 되고 싶습니다. 아버지께서 반대하지 않으셨으면 좋겠습니다."

싯다르타의 아버지는 아무 말도 하지 않았다. 그는 오랫동안 말없이 작은 창문 사이로 별들이 방랑하고 변하는 모습을 바라보다가, 침묵을 깨고 방에서 나왔다. 아들은 여전히 아무런 말 없이 미동도 하지 않고 두 손을 가슴에 모으고 서 있었고, 아버지도 아무런 말 없이 미동도 하지 않은 채 깔개 위에 앉아 있었다. 하늘에서 별들이 움직이고 있었다. 이때 아버지가 입을 열었다. "아들아, 성을 내고 분에 가득 찬 말을 하는 건 브라만의 도리가 아니다. 내 마음이 언짢구나. 다시는 네게서 이런 말을 들을 일이 없길 바란다."

싯다르타의 아버지는 천천히 자리에서 일어났지만, 싯다르타는 여전히 두 손을 가슴에 모으고 서 있었다.

"대체 무엇을 바라는 게냐?" 아버지가 물었다.

"아버지께서는 이미 알고 계십니다." 싯다르타가 대답했다.

싯다르타의 아버지는 언짢은 마음으로 방을 나섰고 잠자리로 가서 누웠다.

한 시간이 지났지만 도무지 잠이 오지 않아 그는 자리에서 일어나 주변을 서성이다가 집에서 나왔다. 방의 작은 창문 틈새로 싯다르타가 여전히 두 손을 가슴에 모은 채 꼼짝 않고 서 있는 모습이 보였다. 그가 입고 있는 밝은색 상의가 창백하게 빛났다. 불안한 마음이 들었지만 아버지는 잠자리로 돌아갔다.

또 한 시간이 지났지만 도무지 잠이 오지 않아 그는 다시 자리에서 일어나 주변을 서성이다가 집 앞에서 달이 뜨는 모습을 바라보았다. 그는 방의 창문 틈새로 싯다르타가 미동도 하지 않고 두 손을 가슴에 모으고 서 있고, 훤히 드러난 싯다르타의 정강이에 달빛이 비치는 모습을 보았다. 걱정스러운 마음으로 그는 잠자리에 들었다.

또 한 시간이 지나고 두 시간이 지났다. 작은 창문 틈새로 싯다르타가 서 있는 모습이 어둠 속 달빛과 별빛에 비쳤다. 몇 시간이 지나도록 말없이 방 안을 바라보며 미동도 하지 않고 서 있는 아들의 모습을 보니, 아버지의 마음은 분노와 불안 그리고 두려움과 괴로움으로 가득 찼다.

동이 트기 직전에 그는 다시 방으로 들어가 아들이 서 있는 모습을 보았다. 그런데 아들이 너무 크고도 낯설어 보였다.

"싯다르타, 무엇을 기다리는 게냐?" 아버지가 물었다.

"아버지께서는 이미 알고 계십니다."

"동이 트고, 낮이 되고, 밤이 되도록 하염없이 서서 기다릴 셈인 게냐?"

"계속 서서 기다리겠습니다."

"싯다르타야, 너는 지칠 게다."

"물론 지치겠지요."

"싯다르타야, 너는 잠이 들 게다."

"잠들지 않을 것입니다."

"싯다르타야, 그러다가 죽게 될 수도 있다."

"당연히 죽을 수도 있습니다."

"그러면 너는 아버지의 말을 따르느니 차라리 죽겠다는 것이냐?"

"저는 항상 아버지께 순종해 왔습니다."

"그러면 너의 계획을 포기할 셈이냐?"

"저는 아버지께서 말씀하신 대로 따를 것입니다."

동이 트고 첫 햇살이 방 안을 비추었다. 싯다르타의 아버지는 싯다르타의 무릎이 미세하게 떨리는 것을 보았다. 하지만 싯다르타의 얼굴에서는 그 어떤 떨림도, 눈빛의 흔들림도 보지 못했다. 바로 그 순간 그는 싯다르타가 더 이상 자신의 곁과 고향에 머무르지 않고, 이제 자신을 떠나리라는 것을 직감했다.

아버지는 싯다르타의 어깨를 어루만지며 말했다.

"숲으로 가서 사문이 되거라. 숲에서 열락이 무엇인지 깨닫거든 내게 와서 가르쳐 주려무나. 실망하거든 다시 돌아와 함께 신들에게 제사를 올리자. 어머니에게 가서 입맞춤하고 네가 어디로 가는지 말씀드리거라. 첫 목욕재계 시간이니 이제 나는 강으로 가야 한다."

아버지는 아들의 어깨에서 살며시 손을 떼고는 나갔다. 싯다르타는 몸을 움직이려고 하다가 옆으로 휘청했다. 그는 휘청이는 자세를 바로잡고 아버지께 인사드린 후, 어머니께 가서 아버지의 말대로 했다.

첫 동이 틀 무렵 싯다르타는 아직 얼얼한 다리로 고요한 도시를 떠났다. 외딴 오두막에 도착하자 그곳에서 웅크리고 있던 한 그림자가 일어서더니 순례자들의 무리와 합쳐졌다. 고빈다였다.

"친구야, 와 주었구나." 싯다르타가 말하며 웃었다.

"그래 왔어." 고빈다가 대답했다.

사문들과 함께

그날 저녁 싯다르타와 고빈다는 고행자들을 따라잡았다. 말라비틀어진 사문들은 두 사람이 동행하고 싶고 순종하겠다고 하자 무리로 받아들여 주었다.

싯다르타는 거리의 불쌍한 브라만에게 자신의 옷을 벗어 주었다. 이제 그는 도티(인도의 전통 하의 중 하나-옮긴이)에 바느질도 되지 않은 흙색 거적때기만 걸치고 있었다. 그는 하루에 한 끼만 먹었고, 조리된 음식은 절대로 먹지 않았다. 그는 열닷새 동안 단식을 했다. 그는 스무여드레 동안 단식을 했다. 허벅지와 볼에서 살이 사라져 갔다. 바싹 말라 도드라진 그의 눈에서는 강렬한 꿈들이 아른거렸고, 앙상한 손가락에서는 손톱이 길게 자랐으며, 턱에는 메마르고 헝클어진 수염이 자랐다. 거리에서 여자들과 마주쳤을 때 그의 눈빛은 얼음처럼 차가웠다. 도시를 다니며 멋지게 차려입은 사람들을 보는 그의 입술은 경멸로 움찔거렸다. 그는 상인들이 흥정하고, 우두머리들이 사냥을 하러 가고, 상중喪中인 사람들이 망자를 애도하고, 창녀들이 몸을 팔고, 의사들이 환자를 돌보고, 성직자들이 파종하는 날을 정하고, 사랑하는 사람들이 서로 사랑하고, 어머니가 아이에게 젖을 먹이는 모습을 보았다. 그의 눈에는 이 모든 것이 무가치했다. 모든 것은 거짓이고, 모든 것은 부패했고, 모든 것에서 거짓의 냄새가 진동했고, 모든 것은 감각과 행복, 아름다움을 가장하고 있었다. 하지만 모든 것이 썩어 가고 있다는 사실을 누구도 인정하지 않았다. 세상에서는 쓴맛이 났다. 삶은 고통이었다.

싯다르타에게는 한 가지 목표가 있었다. 그의 유일한 목표는 비워 내는 것, 갈증을 비우고, 소망을 비우고, 꿈을 비우고, 기쁨과 번뇌를 비우는 것이었다. 자아를 죽이고 더 이상 내가 아닌 상태에 있는 것, 비워 낸 마음에서 평온을 찾는 것, 몰아의 경지에서 생각하고 자신을 불가사의에 열어 놓는 것이 그의 목표였다. 모든 자아가 극복되고 죽었을 때, 마음속에서 어떤 욕망과 충동의 소리도 들리지 않을 때 궁극적인 것, 더 이상 내가 아닌 존재의 가장 내밀한 것인 위대한 비밀이 깨어나야 했다.

싯다르타는 타는 듯한 통증과 갈증이 더 이상 느껴지지 않을 때까지 뙤약볕 아래 말없이 서 있었다. 우기에도 그는 머리에 빗물이 뚝뚝 떨어져 어깨가 얼어붙고 엉덩이와 다리가 얼어붙어 더 이상 움직여지지 않을 때까지 묵언하며 서 있었다. 고행자 싯다르타는 어깨와 다리가 더 이상 얼어붙지 않을 때까지, 아무 소리가 나지 않을 때까지, 고요해질 때까지 묵언하며 가시덩굴 속에 웅크리고 앉아 있었다. 가시에 찔린 살갗은 따갑고 피가 흘러 곪은 자리에 고름이 맺혔다. 싯다르타는 잠자코 그곳에 있었다. 더 이상 피가 흘러내리지 않을 때까지, 더 이상 가시에 찔리지 않을 때까지, 더 이상 따갑지 않을 때까지 미동도 하지 않고 그곳에 있었다.

싯다르타는 정좌를 하고 앉아 호흡을 아끼는 법과 적게 호흡하며 버티는 법을 배웠고, 호흡을 멈추는 법을 배웠다. 그는 호흡부터 시작하여 심장 박동을 안정시키는 법을 배웠고, 심장이 조금만 뛰거나 아니면 거의 뛰지 않는 상태가 되도록 심장 박동 수를 낮추는 법을 배웠다.

싯다르타는 사문의 최고 연장자로부터 몰아를 배웠고, 사문의 새 계율에 따른 삼매 수행을 했다. 왜가리 한 마리가 대나무 위로 날아왔다. 그는 자신의 영혼으로 이 왜가리를 받아들여 숲과 산으로 날아올랐다. 그는 왜가리가 되어 물고기를 잡아먹고, 왜가리처럼 배고픔을 느끼고, 까옥까옥 울고, 죽음을 체험했다. 죽은 자칼이 모래톱에 쓰러져 있었다. 싯다르타의 영혼이 자칼의 사체로 들어갔다. 이제 그는 죽은 자칼이었다. 사체가 부풀어 올라 악취를 풍기며 부패했고, 하이에나에게 갈기갈기 찢기고 독수리에게 가죽이 벗겨져, 뼈만 남아 먼지가 되어 들판으로 흩어졌다. 싯다르타의 영혼은 다시 돌아왔고, 죽었고, 부패했고, 갈가리 찢겼고, 윤회의 몽롱한 황홀경을 맛보았고, 사냥꾼처럼 새로운 갈증에 목이 말라 빈틈을, 윤회에서 벗어날 수 있는 곳, 인연의 끝, 번뇌 없는 영원이 시작되는 곳을 노렸다. 그는 자신의 감각을 죽였고, 자신의 기억을 죽였으며, 자아에서 슬그머니 빠져나와 수천 가지의 낯선 형상으로 들어갔다. 그는 짐승이 되었고, 독수리가 되었고, 돌이 되었고, 나무가 되었고, 물이 되었고, 매번 깨어났다가 해나 달이 뜨면 다시 자아로 회귀하여 윤회의 사슬에 흔들리며 갈증을 느꼈고, 갈증을 극복했고, 또다시 새로운 갈증을 느꼈다.

싯다르타는 사문들에게 많은 것을 배웠다. 그는 자아를 초월하는 여러 방법을 배웠다. 그는 몰아의 경지, 즉 고통에서 벗어나 자신을 잊고 자발적으로 고통과 배고픔, 갈증, 피로를 느끼고 극복하는 법을 배웠다. 그는 명상을 통해 모든 상념으로부터 감정을 비워 냄으로써 몰아의 경지에 이르는 법을 배웠다. 그는 이러저러한 길을 걸었다. 그는 수천 번이나 자아를 떠나 몇 시간이고 며칠이고 비非자아의 상태에 머물렀다. 이러한 방법들을 통해 자아로부터 멀어지든 아니든 간에 결국에는 항상 자아로 돌아왔다. 싯다르타가 수천 번이나 자아에서 도망쳐 나와 무의 상태에, 짐승의 상태에, 돌의 상태에 머물렀더라도 자아로 회귀하는 것은 불가피한 일이었다. 그러한 시간은 피할 수 없었다. 그는 다시 햇빛이나 달빛에서, 그늘이나 빗속에서 다시 자아로 돌아와 싯다르타가 되었고 윤회의 사슬에 굴복하여 고통을 느꼈다.

싯다르타의 곁에는 그의 그림자인 고빈다가 함께 살면서 그와 같은 길을 걸으며 도를 닦는 데 정진했다. 수행과 수련에 필요한 것이 있을 때를 빼고는 두 사람이 서로 대화를 나누는 일은 드물었다. 이따금 두 사람은 자신들과 스승들을 위해 탁발托鉢을 하러 마을로 들어갔다.

"고빈다, 어떻게 생각해? 네 생각은 어때? 우리가 앞으로도 함께 가야 할까? 우리는 이미 목표에 도달했을까?" 탁발을 하러 가던 중에 싯다르타가 물었다.

그러자 고빈다가 대답했다. "우리는 가르침을 받았고 계속 그렇게 해야 해. 싯다르타, 너는 위대한 사문이 될 거야. 너는 모든 수련을 빨리 익혔고, 연로하신 사문들도 가끔 네 능력에 놀라곤 했지. 싯다르타, 너는 성자聖者가 될 인물이야."

그러자 싯다르타가 말했다. "친구야, 그렇게 될 것 같진 않아. 고빈다, 지금껏 사문들한테 배운 것들은 더 쉽고 간단하게 배울 수도 있었던 것들이지. 유곽의 술집에서도 마부와 도박꾼들한테도 배울 수 있었던 것들이야."

고빈다가 발끈했다. "싯다르타, 농담이 심하구나. 그런 비천한 자들한테서 어떻게 삼매 수행을, 호흡 멈춤을, 배고픔과 고통을 느끼지 않는 것을 배울 수 있겠어?"

싯다르타가 마치 혼잣말을 하듯 나지막이 말했다. "삼매가 무엇이지? 육체에서 벗어나는 것이 무엇이지? 단식이 무엇이지? 이건 자아로부터 도피하는 거야. 자아의 존재로 인해 생기는 고통에서 잠시 벗어나는 거야. 이건 인생의 고통과 무상함을 못 느끼는 잠깐의 도취 상태야. 여인숙의 소몰이꾼도 청주나 발효된 야자유 몇 잔을 마셨을 때 이러한 도피와 잠깐의 도취 상태에 이를 수 있어. 이때 소몰이꾼은 더 이상 자기 자신이 존재하지 않는다고 느끼고, 삶의 고통을 느끼지 않고, 잠깐의 도취 상태에 있게 돼. 그가 청주 몇 사발을 마시고 깜빡 잠이 들었을 때, 우리가 육체에서 벗어나는 오랜 수행을 통해 비자아의 상태에 머물렀을 때 찾은 것과 똑같은 상태에 이른다는 거지. 이걸 말하는 거야, 고빈다."

이에 고빈다가 말했다. "친구야, 그렇게 말한다고 해도 네가 소몰이꾼이 아니고 사문이 술꾼이 아니라는 건 너도 알고 있어. 술꾼도 도취 상태에 이르고 잠깐의 도피와 쉼을 얻을 수 있겠지만, 이러한 망상에서 깨어나 돌아왔을 때 모든 것은 예전과 변함이 없어. 그가 더 현명해진 것도 아니고 깨달음을 얻은 것도, 더 높은 경지에 오른 것도 아니야."

그러자 싯다르타가 웃으며 말했다. "나도 그건 몰라. 한 번도 술을 마셔 본 적이 없으니까. 내가 수행과 삼매를 통해 잠깐의 도취 상태에 이른다고 해도 여전히 나는 지혜에서 멀리 떨어져 있고 엄마 뱃속의 아이처럼 해탈에서 동떨어진 존재라는 건 알지. 고빈다, 나는 그걸 알아."

그리고 싯다르타는 다시 고빈다와 함께 수행자들과 스승들이 먹을 양식을 구하기 위해 숲에서 나와 마을로 내려갔다. 싯다르타가 슬쩍 운을 떼며 다시 말을 꺼냈다. "고빈다, 지금 우리가 정도를 걷고 있는 것일까? 우리가 깨달음에 가까워지고 있는 것일까? 우리가 해탈에 가까워지고 있는 것일까? 우리는 윤회의 사슬에서 벗어날 수 있다고 생각했지만, 무리에 갇혀 계속 원을 맴돌고 있는 게 아닐까?"

고빈다가 말했다. "싯다르타, 우리는 많은 것을 배웠고 아직 배워야 할 것도 많아. 우리는 원을 맴돌고 있는 게 아니야. 우리는 위로 올라가고 있어. 이 원은 나선형이고 우리는 이미 많은 단계를 올라왔어."

그러자 싯다르타가 대답했다. "이 무리에서 가장 연로한 사문, 가장 존경스러운 스승님의 연세가 어떻게 될까?"

고빈다가 말했다. "최고 연장자는 아마 예순쯤 되셨을 거야."

싯다르타가 말을 이어 갔다. "그런데 그분은 예순이 되셨어도 아직 열반涅槃에 이르지 못했어. 이 상태에서 그분은 일흔이 되고 여든이 될 테지. 너와 나, 우리도 이렇게 나이를 먹고, 수행을 하고, 단식을 하고, 명상을 하겠지. 하지만 우리는 열반에 이르지 못할 거야. 그도 우리도 열반에 이르지 못하겠지. 고빈다, 나는 사문들 중에서 열반에 이르는 사람은 한 명도 없을 거라고 생각해. 우리는 위안을 찾고 있고, 도취 상태를 찾고 있고, 자기 자신을 속이는 요령을 배우고 있어. 우리는 본질적인 것, 길 중의 길은 찾지 못할 거야."

그러자 고빈다가 말했다. "싯다르타, 그런 끔찍한 말은 입 밖으로 꺼내지도 마! 숱하게 많은 학식 있는 자, 숱하게 많은 브라만, 숱하게 많은 엄격하고 존경스러운 사문, 숱하게 많은 구도의 길을 걷는 자, 내면을 스쳐 지나가는 숱하게 많은 사람, 숱하게 많은 경건한 자 중에서 길 중의 길을 찾은 사람이 하나도 없다는 게 말이 돼?"

싯다르타는 슬픔만큼이나 조소가 가득한 목소리로, 나지막하고 왠지 모를 슬픔과 조소가 섞인 목소리로 말했다. "고빈다, 나는 너와 함께 이 길을 오래 걸어왔어. 조만간 네 친구 싯다르타는 사문의 길을 떠나려고 해. 고빈다, 여전히 나는 갈증에 시달려. 이 길고 긴 사문의 길을 걸으면서도 내 갈증은 조금도 해소되지 않았어. 여전히 나는 깨달음에 목마르고 궁금한 것들이 많아. 매년 나는 브라만들에게 물었고, 신성한 경전에 물었고, 경건한 사문들에게 물었어. 고빈다, 코뿔새나 침팬지에게 묻는 게 더 훌륭하고, 영리하고, 유익할지도 몰라. 나는 이걸 배우는 데 오랜 시간이 필요했고 아직 끝나지 않았어. 고빈다, 인간은 아무것도 배울 수 없어! 우리가 '배움'이라고 칭하는 것은 실제로 존재하지 않아. 내 친구야, 오직 한 가지 앎만이 존재해. 이것은 어디에나 있고, 이것이 아트만이고, 나와 너를 비롯해 모든 존재에게 있어. 그래서 나는 이 한 가지 앎은 알려고 하는 것, 배움보다 더 지독한 적이 아니라고 믿기 시작했어."

이때 고빈다가 가던 길을 멈추고 손을 올리며 말했다. "싯다르타, 그런 말로 친구인 나를 불안하게 하지 마! 네가 하는 말들은 정말로 내 마음속 불안을 자극한단 말이야. 이것만 생각해. 네가 말한 것이 맞다면, 배움이 존재하지 않는다면 기도의 경건함은, 브라만 계층이 받는 존경은, 사문의 경건함은 대체 어디에 있는 거야? 싯다르타, 지상에서 경건한 것, 가치 있는 것, 존경할 만한 이 모든 것은 무엇이 되는 거지?"

그러면서 고빈다는 한 구절을 계속 중얼거렸다. 《우파니샤드》의 구절이었다.

깊이 생각하며 맑은 정신으로 아트만에 침잠한 자,

그의 마음에 말로 형용할 수 없는 큰 열락이 들어오네.

싯다르타는 침묵했다. 그러면서 그는 고빈다가 했던 말들을 곱씹고 또 곱씹어 보았다.

그는 고개를 숙인 채 서서 생각했다. 우리를 경건해 보이게 하는 모든 것에서 무엇이 더 남아 있지? 무엇이 남아 있지? 무엇이 유지되고 있지? 그는 고개를 가로저었다.

두 소년이 사문들과 삼 년을 지내며 수행에 동참한 이래 처음으로 온갖 직간접적인 경로로 소식과 소문과 이야기가 떠돌았다. 가우타마瞿曇라는 사람이 나타났다는 것이다. 그 사람은 석가세존釋迦世尊, 존귀한 자, 붓다佛陀로 속세의 번뇌를 극복하고 윤회의 사슬을 멈추게 한다는 것이었다. 이마가 밝게 빛나는 그는 제자들에게 둘러싸인 채 금욕자의 노란 겉옷을 걸치고, 아무것도 소유하지 않고, 집도 아내도 없이 전국을 돌아다녔다. 브라만과 지도자들이 그에게 절했고 그의 제자가 되었다. 이러한 이야기와 소문 그리고 동화 같은 이야기가 울려 퍼지고 향내를 풍기며, 도시의 곳곳에서 브라만들이 이런저런 말들을 옮기기 시작해 숲의 사문들한테까지 퍼졌고, 가우타마라는 이름의 붓다에 대한 좋은 소식과 나쁜 소식, 칭송과 비방이 두 소년의 귀에도 들어왔다.

한 나라에 흑사병이 돌 때처럼 이 소식은 들불처럼 번졌다. 정변지正遍知, 모든 것을 훤히 꿰뚫고 있는 현자가 나타났는데 그가 말과 입김만으로 역병에 걸린 자를 고칠 수 있다는 것이었다. 이 소식은 온 나라에 퍼지고 이 사람에 대한 이야기가 모든 사람의 입에 오르내렸다. 이 소문을 믿는 사람도 많았고, 믿지 않는 사람도 많았고, 자신에게 도움을 줄 현자를 찾아가기 위해 바로 길을 나서는 사람도 많았다. 이름이 가우타마이고 석가족의 현자라는 사람에 대한 소문은 향내처럼 퍼져 나갔다. 신봉자들은 그가 깨달음의 최고 경지에 이르렀고, 전생을 기억하고, 열반에 이르렀으며, 더 이상 윤회의 사슬로 돌아오지 않고, 더 이상 형상의 몽롱한 흐름으로 사라지지 않아도 된다고 했다. 그에 대한 화려하고 믿을 수 없는 소식들이 많이 전해졌다. 그가 불가사의한 일을 행했고, 악귀를 물리쳤고, 신들과 대화를 한다는 것이었다. 반면 그에게 반감이 있고 그를 믿지 못하는 사람들은 이 가우타마라는 자가 군중을 미혹하는 허황된 자이며, 호사스러운 생활을 하고, 제사를 경시하고, 학식도 부족하고, 수행이나 고행도 하지 않는 자라고 깔아뭉갰다.

언뜻 달콤하게 들리는 붓다에 대한 이런 소문들은 마법의 향기처럼 퍼져 나갔다. 세상이 병들어 있었던 만큼 삶은 견디기 힘들었다. 보아라! 여기에는 샘이 흐르고, 위안을 주고, 부드럽고, 고결한 약속들이 넘치는 사자使者의 외침이 울린다. 곳곳에서 붓다에 대한 소문이 울려 퍼졌고, 인도 각지의 젊은이들이 이 소문에 귀 기울이면서 동경과 희망을 품었다. 도시와 마을의 브라만의 아들들에게도 이 사람, 세존世尊, 석가모니라는 현자에 대해 이야기하는 순례자와 이방인은 환영을 받았다.

숲의 사문들에게도 싯다르타와 고빈다에게도 이 소문은 마치 희망의 물방울이나 의심의 물방울처럼 드문드문 한 방울씩 들려왔다. 최고 연장자인 사문이 이 소문에 호의적이지 않았던 터라 이들은 소문에 관해 많은 이야기를 나누지는 않았다. 최고 연장자는 소위 붓다라는 자가 과거에 고행자였고 숲에서 지냈으나 호사스러운 생활과 세상의 낙을 즐기려고 속세로 돌아갔다는 말을 들은 적이 있었기 때문에 가우타마라는 자를 탐탁지 않게 여겼다.

고빈다가 친구에게 말했다. "싯다르타, 오늘 마을에 내려갔는데 어떤 브라만이 나를 자기 집에 초대했어. 이 집에 마가다Magadha 출신인 브라만의 아들이 있었는데, 이 사람이 붓다를 직접 보았고 그의 가르침을 들었다는 거야. 그 말을 들으니 정말로 가슴에 심한 통증이 느껴지고 숨 쉬기가 힘들어지면서 이런 생각이 들었어. 내가 원한다면, 우리 둘 다 원한다면, 싯다르타와 내가 이런 시간을 체험하길 원한다면 선서善逝이자 완성자完成者가 직접 전하는 가르침을 들어 보는 거야! 말해 봐, 친구야. 우리도 그곳에 가서 붓다의 가르침을 들어 보면 어떨까?"

그러자 싯다르타가 말했다. "고빈다, 사실 내가 예전부터 쭉 생각해 오던 게 있어. 네 목표는 계속 사문들과 함께 지내면서 예순이나 일흔이 되어도 사문들의 외적인 요령과 수행에 정진하는 것이지 않을까 싶었어. 하지만 고빈다, 내가 너에 대해 아는 게 많지 않아서, 네 마음을 잘 몰라서 그렇게 생각했구나. 내가 진심으로 아끼는 네가 이제 새로운 길로 들어가 붓다가 가르침을 선포하는 곳으로 가려고 하는구나."

고빈다가 대답했다. "너는 비꼬길 참 좋아하는구나. 싯다르타, 너는 줄곧 비꼬기만 했어! 네 안에는 이런 가르침을 듣고 싶다는 마음과 욕망을 깨워 보고 싶다는 생각이 없다는 말이니? 한 번도 그런 말을 한 적이 없잖아? 이제 사문의 길을 걷지 않겠다는 뜻인 거야?"

이때 싯다르타가 슬픔과 조소의 그림자가 담긴 어조로 웃으며 말했다. "그래, 고빈다. 잘 말해 주었어. 정확하게 기억을 떠올리게 해 주는구나. 너는 다른 것에 대해서도 제대로 기억나게 해 줄 거야. 나는 가르침과 배움을 불신하며 싫증을 냈고, 우리가 스승님들에게 배운 말들을 그다지 신뢰하지 않는다고 했었지. 사랑하는 친구야, 하지만 내 귀는 모든 가르침에 대해 열려 있어. 우리가 그러한 가르침을 통해 얻을 수 있는 최고의 결실을 이미 맛보았다고 믿고 있지만 말이야."

고빈다가 말했다. "네가 이미 그런 각오를 했다니 기뻐. 하지만 그게 어떻게 가능한지 말해 줄 수 있어? 우리가 가우타마의 가르침을 듣기도 전에 어떻게 최고의 결실을 맺었다는 거야?"

싯다르타가 말했다. "일단 이러한 결실을 즐기고 다음 것을 기다리는 거야, 고빈다! 아무튼 우리는 가우타마 덕분에 결실을 맺은 셈이지. 사문들한테서 나오라고 우리를 부르고 있다는 거야! 친구야, 그가 다른 더 좋은 것을 줄 수 있다면 차분히 기다려 보자."

이날 싯다르타는 사문의 최고 연장자에게 숲을 떠나겠다고 자신의 결심을 밝혔다. 싯다르타는 수행자들과 제자들에게 하듯 정중하고 겸손한 태도로 연장자에게 이를 알렸다. 그는 두 소년이 무리에서 나가려 한다는 사실에 분노해서 소리를 지르고 거친 욕설을 퍼부었다.

고빈다는 너무 놀라 당황했지만, 싯다르타는 고개를 숙여 고빈다의 귀에 대고 속삭였다. "내가 연장자에게 배운 것들을 직접 보여 줄 때가 왔어."

싯다르타는 이 늙은 사문의 가까이에 서서 온 영혼을 끌어 모아, 자신의 눈빛으로 연장자의 눈빛을 꽉 붙들어 놓고, 술법을 써서 말을 못 하고 무기력하게 만들어 자신의 의지를 따르게 한 뒤, 무언으로 자신이 요구하는 대로 그가 행하도록 명령했다. 늙은 사문은 말을 하지 못하게 되었고, 눈은 초점을 잃었으며, 의지가 마비되며 팔이 축 늘어진 모습으로 싯다르타의 술법에 속절없이 무너졌다. 싯다르타의 생각이 이 사문의 생각을 완전히 지배하여 그는 싯다르타의 생각이 명령하는 대로 움직여야 했다. 그는 여러 번 절을 했고, 축복의 몸짓을 했고, 경건한 여행길이 되기를 중얼거리며 축원했다. 두 소년은 감사히 그의 인사를 받았고 축원에 답례한 뒤 인사하며 그곳을 떠났다.

길을 떠나던 중에 고빈다가 말했다. "싯다르타, 내가 생각했던 것보다 너는 사문들에게 많은 것을 배웠구나. 늙은 사문에게 술법을 쓰는 건 정말 어려운 일이잖아. 네가 그곳에 잔류했다면 물 위를 걷는 법도 터득했을 거야."

싯다르타가 말했다. "나는 물 위를 걷고 싶지 않아! 늙은 사문들이나 그런 재주에 만족하라고 해."

가우타마

슈라바스티라는 도시에서는 모든 아이가 불세존(부처의 공덕을 기리는 열 가지 칭호 중 하나. 다른 칭호로는 여래, 응공, 정변지, 명행족, 선서, 세간해, 무상사, 조어장부, 천인사가 있음-옮긴이), 존귀한 자 붓다의 이름을 알았다. 어느 집이나 가우타마의 제자들이 묵언하며 동냥하면 이들의 탁발 그릇을 기꺼이 채워 주었다. 이 도시 부근에는 기원정사라는 가우타마가 가장 즐겨 머무는 곳이 있었는데, 이곳은 불세존, 존귀한 자 붓다를 헌신적으로 따르는 거상巨商 아나타핀디카가 붓다와 그의 제자들을 위해 바친 곳이었다.

가우타마의 거처를 찾아 나선 두 젊은 고행자들이 들은 모든 이야기와 답에 따르면 이 지역이 틀림없었다. 이들은 슈라

바스티에 도착하고 탁발을 위해 첫 번째 집의 문 앞에 서서 먹을 것을 받았다. 싯다르타가 음식을 건네는 여인에게 물었다.

"자비로운 여인이여, 응공應供, 가장 존경받는 자 붓다가 어디에 기거하시는지 알고 싶습니다. 우리는 명행족明行足이자 완전자完全者 붓다를 만나고 그가 직접 전하는 가르침을 듣기 위해 숲에서 내려온 사문입니다."

여인이 말했다. "숲에서 내려온 사문들이여, 제대로 찾아오셨습니다. 불세존, 존귀하신 그분께서는 기원정사인 제타의 아나타핀디카 정원에 계십니다. 그곳에서 당신들과 같은 순례자들이 밤을 보냅니다. 그의 가르침을 듣기 위해 몰려드는 사람들이 모두 머무를 수 있을 만큼 공간이 충분하기 때문이지요."

이 말을 듣고 고빈다는 기뻐하며 크게 외쳤다. "우리는 드디어 목적지에 도착했고 우리의 여정도 끝이군요. 순례자들의 어머니여, 당신은 붓다를 알고 계십니까? 그분을 두 눈으로 직접 뵌 적이 있습니까?"

여인이 말했다. "저는 불세존, 존귀하신 그분을 많이 뵈었지요. 그분이 묵언하며 노란 겉옷을 입고 거리를 지날 때, 그분이 묵언하며 탁발 그릇을 내밀 때, 그분이 탁발 그릇을 받을 때 여러 날 동안 그분을 뵈었습니다."

고빈다는 황홀해하며 여인의 말에 귀 기울였고 더 많은 것을 묻고 들으려 했다. 하지만 싯다르타는 아직 갈 길이 남아 있다며 발걸음을 재촉했다. 두 사람은 여인에게 감사 인사를 하고 길을 나섰다. 적지 않은 순례자들과 가우타마의 무리에 속해 있는 승려들이 기원정사로 가는 중이었기 때문에 더 이상 길을 물을 필요도 없었다. 밤이 되어서야 두 사람은 그곳에 도착했다. 잠잘 곳을 청해 얻은 이들이 외치는 소리와 이야기를 나누는 소리가 끊임없이 이어졌다. 숲 생활에 익숙한 두 사문은 소리 없이 재빠르게 몸을 뉘일 곳을 찾아 날이 밝을 때까지 그곳에서 쉬었다.

해가 떴을 때 두 사람은 이곳에서 얼마나 많은 무리와 신봉자들과 호기심 많은 사람들이 밤을 지냈는지를 보고 깜짝 놀랐다. 멋들어진 숲의 길마다 노란 법복을 입은 승려들이 정원을 거닐거나 곳곳의 나무 아래에 앉아 명상을 하기도 하고 영적인 대화를 나누고 있었는데, 녹음이 우거진 정원의 모습은 마치 벌떼처럼 모여든 사람들로 가득 찬 도시를 연상하게 했다. 많은 승려가 하루에 한 번 점심에 먹을 것을 얻기 위해 탁발 그릇을 가지고 나갔다. 정변지, 깨달음을 얻은 자 붓다도 아침에 탁발을 나갔다.

싯다르타는 그를 보았다. 싯다르타는 마치 신의 계시라도 받은 듯 바로 그를 알아보았다. 두건이 달린 노란색 법복을 입은 소탈해 보이는 한 남자가 탁발 그릇을 손에 들고 고요히 길을 가고 있었다.

"저길 좀 봐! 저분이 바로 붓다야." 싯다르타가 나지막이 고빈다에게 말했다.

고빈다는 두건이 달린 노란색 법복을 입은 승려를 찬찬히 살펴보았는데, 언뜻 보면 수백 명의 승려와 다른 점이 없는 듯했다. 고빈다도 금세 이 사람이 붓다라는 것을 알아보았다. 두 사람은 그의 뒤를 따라다니며 관찰했다.

붓다는 겸손히 생각에 잠겨 자신의 길을 갔다. 고요한 그의 얼굴에는 기쁨도 슬픔도 없었는데, 마치 마음속으로 웃고 있는 듯했다. 숨겨진 웃음으로 고요하고 잔잔하게, 건강한 어린아이와 닮지 않았다고 할 수 없는 표정으로 붓다는 거닐었고, 옷을 입었고, 모든 승려처럼 정확하게 법도에 맞춰 걸었다. 하지만 그의 얼굴과 걸음걸이, 고요히 내려다보는 눈빛, 고요히 달려 있는 손, 고요히 달려 있는 손의 손가락 하나하나가 평안과 완전무결함을 말하고 있었고, 아무것도 구하지 않고, 아무것도 모방하지 않고, 어떤 인위적인 노력도 하지 않은 채 한없이 평온한 가운데, 꺼지지 않는 불빛 속에서, 감히 건드릴 수 없는 평안 속에서 부드럽게 호흡하고 있었다.

그렇게 가우타마는 탁발을 하러 도시를 향해 천천히 발걸음을 옮겼다. 두 사문은 완전무결한 평온함과 고요한 자태에서 그가 가우타마라는 걸 알아보았다. 무언가를 구하지도, 원하지도, 모방하지도, 얻으려 애쓰지 않는, 그에게서만 흘러나오는 이 자태에는 오직 빛과 평화만 있었다.

"오늘은 그가 직접 전하는 가르침을 들어 보자." 고빈다가 말했다.

싯다르타는 대답하지 않았다. 그는 붓다의 가르침에 별로 호기심이 생기지 않았다. 싯다르타는 여러 사람을 거쳐 붓다에 대한 이야기를 들었고, 이 가르침에서 자신이 새로운 것을 얻을 수 있으리라 믿지 않았을지라도 고빈다와 마찬가지로 붓다의 가르침을 계속 들었다. 그는 가우타마의 머리를, 어깨를, 발을, 고요히 달려 있는 손을 찬찬히 살펴보았다. 붓다의 모든 손가락 마디마디 자체가 그에게는 가르침이자 말이며 호흡이었고 향내를 풍기며 진리로 빛났다. 이 사람, 붓다라는 사람은 모든 몸짓부터 손가락 하나하나까지 진실했다. 그는 경건한 사람이었다. 이제껏 싯다르타는 누군가를 이처럼 존경하고 사랑한 적이 없었다.

이날 두 사람은 먹을 것을 구해야 한다는 생각에 붓다를 좇아 도시로 나갔다가 말없이 돌아왔다. 이들은 가우타마가 돌아오는 모습을 보았고, 그가 제자들의 무리에 섞여 식사하는 모습을 보았다. 그는 새 모이보다 적은 양만 먹었고 다시 망고나무 그늘 아래로 갔다.

저녁이 되어 더위가 잦아들자 숙소의 모든 이들이 활기를 띠며 모여들어 붓다의 가르침을 들었다. 이들은 붓다의 음성을 들었다. 붓다의 음성은 완벽했고, 완전한 평온과 평안으로 가득했다. 가우타마는 번뇌에 대해, 번뇌하는 이유에 대해, 번뇌에서 벗어나는 법에 대해 가르쳤다. 고요한 그의 가르침은 잔잔하게 흘러갔고 명료했다. 삶은 번뇌이고, 세상은 번뇌로 가득하며, 붓다의 길을 걷는 것이 번뇌에서 해탈하는 방법이었다. 불세존, 존귀한 자 붓다는 부드러우나 확고한 음성으로 사성제四聖諦와 팔정도八正道를 가르쳤고, 자신의 가르침과 선례와 반복을 따르는 길을 끈기 있게 걸었다. 그의 음성은 밝고 고요한 빛처럼, 별이 빛나는 하늘처럼 설법을 듣는 사람들에게 맴돌았다.

벌써 밤이 되었고 붓다가 설법을 마쳤을 때 많은 순례자가 나타나서 무리의 일원으로 받아 달라고 청하며 붓다의 가르침에 귀의歸依했다. 가우타마는 이렇게 말하며 이들을 제자로 받아들였다. "자네들이 가르침을 얻으러 왔다고는 하나 오늘은 이미 끝이 났소. 이쪽으로 와서 경건하게 거닐며 모든 번뇌와 이별할 준비를 하시오."

이때 고빈다가 나타났다. 소심한 그가 이 광경을 보며 외쳤다. "저도 존귀하신 불세존과 그분의 가르침에 귀의하려고 합니다." 그러고는 그는 제자로 받아 달라고 청했고 받아들여졌다.

밤이 되고 붓다가 잠자리에 들기 위해 자리를 뜨자마자 고빈다는 싯다르타에게 가서 열을 올리며 말했다. "싯다르타, 너를 비난하려는 것은 아니야. 하지만 우리 둘 다 불세존, 존귀하신 그분의 가르침을 들었어. 나도 가르침을 들었고 그의 가르침에 귀의하기로 했어. 그런데 소중한 친구야, 너는 왜 해탈의 길을 걷지 않으려는 거야? 주저하는 거야? 아직 더 기다려야 하는 거야?"

고빈다의 말을 들었을 때 싯다르타는 잠에서 깨듯 깨어났다. 싯다르타는 고빈다의 얼굴을 한참 바라보더니 비꼬는 기색이라곤 전혀 없는 목소리로 나지막이 말했다. "고빈다, 내 친구야, 이제 너도 첫걸음을 내디뎠고 네 길을 선택했어. 고빈다, 너는 언제나 내 친구였고, 언제나 한 걸음 뒤에서 나의 뒤를 따라와 주었지. 나는 가끔 이런 생각을 했어. 고빈다, 내가 없어도 네가 오롯이 혼자, 너만의 생각으로 첫걸음을 뗄 수 있을까? 잘 들어. 이제 너는 남자가 되었고 스스로 네 길을 선택해야 해. 드디어 내 친구가 이 길을 끝까지 가게 되었구나! 해탈에 이르겠구나!"

여전히 싯다르타의 말을 제대로 이해하지 못한 고빈다가 조급한 어조로 되물었다. "이렇게 부탁할 테니 말해 봐. 사랑하는 친구야, 학식이 높은 내 친구가 불세존, 존귀하신 그분의 가르침에 귀의하지 않고 다른 길을 갈 리는 없잖아!"

싯다르타는 고빈다의 어깨를 토닥였다. "고빈다, 너의 축복을 기원한다는 말을 흘려들었구나. 다시 한번 말할게. 너는 이 길을 끝까지 가는 거야! 그리고 너는 해탈에 이를 거야!"

바로 그 순간 고빈다는 싯다르타가 자신을 떠나리라는 것을 깨닫고 울음을 터뜨렸다.

"싯다르타!" 고빈다가 서글프게 울었다.

싯다르타는 다정하게 친구에게 말했다. "고빈다, 이제 네가 붓다의 사문이라는 걸 잊지 마! 너는 고향과 부모를 포기했고, 혈통과 재산을 포기했고, 네 의지도 포기했으며, 우정도 포기했어. 이게 그분의 가르침이고 불세존, 존귀하신 그분이 가는 길이야. 너 스스로 이 길을 선택했어. 고빈다, 내일 나는 너를 떠날 거야."

두 친구는 오랫동안 숲을 거닐었고, 오래 누워 있었지만 잠을 이루지 못했다. 여전히 고빈다는 싯다르타에게 가우타마의 가르침에 귀의하지 않으려는 이유와 그의 가르침에서 어떤 오류를 찾았는지 묻고 싶었다. 그럴 때마다 싯다르타는 이유를 밝히길 꺼렸고 이렇게 말했다. "고빈다, 네가 만족한다면 그걸로 됐어! 불세존, 존귀하신 그분의 가르침은 정말 훌륭해. 내가 그의 가르침에서 어떻게 오류를 찾겠니?"

이른 아침, 붓다의 제자, 가장 연로한 승려들 중 한 사람이 정원을 돌아다니며 붓다의 가르침에 귀의한 신참들에게 노란색 법복을 입어야 한다는 것과 제자 신분으로 지켜야 할 첫 번째 가르침과 의무를 알려 주었다. 바로 그때 고빈다가 무리를 헤치고 나가더니 어린 시절의 친구와 다시 한번 포옹한 뒤 신참들의 행렬에 합류했다.

싯다르타는 여전히 생각에 잠긴 채 숲을 거닐고 있었다.

바로 이때 싯다르타는 불세존, 존귀한 자 가우타마와 마주쳤다. 싯다르타는 가우타마에게 경외를 표하며 인사했다. 붓다의 눈빛에는 자비와 고요가 넘쳐흘렀고, 젊은 싯다르타는 용기를 내어 응공, 존경스러운 그분에게 대화를 청했다. 불세존, 존귀한 자는 허락한다는 의미로 말없이 고개를 끄덕였다.

싯다르타가 말을 꺼냈다. "불세존, 존귀한 분이시여, 어제 저는 당신의 놀라운 가르침을 들었습니다. 저는 당신의 가르침을 들으려고 친구와 함께 멀리서 왔습니다. 제 친구는 이제 이곳에 머물며 당신의 가르침에 귀의하려고 합니다. 하지만 저는 새로운 순례의 길을 떠나려고 합니다."

"자네가 원하는 대로 하게." 응공, 존경스러운 그분이 예를 갖춰 말했다.

이어 싯다르타가 말했다. "제 말이 너무 대담하게 들릴지도 모르겠습니다만 제 생각을 확실히 밝히지 않은 상태에서 불세존, 가장 존귀한 자이신 당신을 떠날 수는 없을 것 같습니다. 응공, 존경스러운 자이시여, 잠시 제 말을 들어주실 수 있습니까?"

붓다는 긍정의 뜻으로 말없이 고개를 끄덕였다.

싯다르타가 말했다. "응공, 존경스러운 분이시여, 무엇보다 저는 당신의 가르침에 감탄했습니다. 당신의 가르침은 모든 것이 아주 명확합니다. 당신은 삼라만상이 완전하고, 어디에서도 결코 끊어지지 않는 사슬임을, 인과因果로 짜 맞춰진 영원한 사슬로 이어져 있음을 보여 주었습니다. 누구도 이러한 사상을 이렇게 명확한 관점으로 제시한 적이 없었고, 반박이 불가할 정도로 논리정연하게 설명한 적이 없습니다. 당신의 가르침을 통해 브라만들이 빈틈이 없고, 수정처럼 투명하고, 우연에 좌우되지 않고, 신들에게 좌우되지 않는 완벽한 상관관계로 삼라만상을 인식할 수 있다면 브라만들의 가슴은 더 크게 고동칠 것입니다. 세상이 선하든 악하든, 삶이 괴롭든 기쁘든, 정체되어 있든 그렇지 않든, 이것은 본질적인 문제가 아닌지도 모릅니다. 그런데 삼라만상의 합일, 모든 일의 상관관계, 같은 흐름을 지닌 모든 크고 작은 것을 아우르는 것, 모든 일의 원인, 생성, 죽음을 설명하는 법칙(연기설緣起說, 모든 존재를 인연에서 비롯한 것으로 보는 개념-옮긴이)에 이르기까지 이 모든 것이 불세존, 존귀하신 당신의 가르침을 통해 명쾌하게 밝혀집니다. 하지만 명행족, 완전자이시여, 당신의 가르침에 따르면 만물의 합일과 일관성이 깨지는 곳이 있습니다. 이 작은 틈을 통해, 합일의 상태인 삼라만상의 이치에 낯설고, 새롭고, 이전에 존재하지 않았고, 이전에 드러나거나 입증될 수 없었던 것이 흘러 들어갑니다. 이것이 삼라만상을 극복하고 해탈에 이른다는 당신의 가르침입니다. 이 작은 틈, 작은 깨어짐으로 인해, 완벽하고 영원한 합일을 이루는 삼라만상의 이치는 다시 깨지고 폐기됩니다. 제가 당신의 사상에 반박하는 것처럼 보인다면 용서해 주십시오."

가우타마는 가만히 그의 말을 경청했다. 명행족, 완전자인 그는 자비롭고, 정중하지만 명확한 음성으로 말했다. "브라만의 아들이여, 당신은 나의 가르침을 듣고 깊은 사색을 했군요. 그리고 나의 가르침에서 틈을, 오류를 찾았군요. 당신은 앞으로도 계속 깊이 사색할 것처럼 보입니다. 하지만 당신은 지적 욕구가 강하기 때문에 의견의 미로와 언쟁에 얽히는 것을 조심하시길 바랍니다. 의견은 무의미한 것입니다. 훌륭할 수도 있고 추할 수도 있고, 지혜로울 수도 있고 어리석을 수도 있지요. 누구나 이런 의견에 집착할 수도 있고 비난할 수도 있지요. 그런데 당신이 나에게 들은 가르침은 의견이 아닙니다. 이 가르침의 목표는 지적 욕구가 강한 이들을 위해 삼라만상의 이치를 설명하는 것이 아닙니다. 가르침의 목표는 다른 데 있습니다. 바로 번뇌에서 벗어나는 것입니다. 이것이 가우타마가 가르치려는 것입니다."

그러자 싯다르타가 말했다. "불세존, 존귀하신 분께서 저에게 성을 낼 리 없지요. 저는 당신과 싸우려는 것도, 언쟁하려는 것도 아니라고 이미 말씀드렸습니다. 의견이 별로 중요하지 않다는 당신의 말씀은 완전히 옳습니다. 죄송하지만 한 말씀만 더 드리겠습니다. 저는 단 한순간도 당신이 붓다이고, 당신이 목표를, 수많은 브라만과 그들의 아들들이 아직도 구하고 있는 최고의 목표를 이루었다는 사실을 의심한 적이 없습니다. 당신은 죽음으로부터 해탈의 경지에 이르렀습니다. 당신 스스로 구함으로써, 당신만의 방법으로, 생각을 통해, 삼매를 통해, 깨달음을 통해, 득도를 통해 해탈에 이르렀습니다. 이

건 가르침을 통해 얻은 게 아닙니다! 불세존, 존귀한 분이시여, 저는 해탈이 가르침을 통해 이를 수 있는 게 아니라고 생각합니다. 응공, 존경스러운 분이시여, 당신이 깨달음을 얻는 순간에 일어났던 일을 말이나 가르침으로 설명할 수 없다는 것입니다. 깨달음을 얻은 붓다의 가르침에는 많은 것이 담겨 있습니다. 바르게 살고 악을 멀리하라는 가르침이 많습니다. 하지만 이렇게 명확하고 존경스러운 가르침에 한 가지가 빠져 있습니다. 이 가르침에는 불세존, 존귀하신 당신이 무엇을 직접 체험했는지, 수만 명의 사람 가운데서 홀로 무엇을 체험했는지에 대한 비밀이 담겨 있지 않습니다. 이것이 제가 당신의 가르침을 들으면서 생각하고 깨달은 바입니다. 그래서 방랑 생활을 계속하려는 것입니다. 이보다 더 나은 다른 가르침을 찾기 위함이 아닙니다. 저는 이보다 더 나은 가르침이 없다는 것을 알고 있습니다. 저는 모든 가르침과 스승을 떠나 오롯이 홀로 제 목표에 도달하거나 죽으려는 것입니다. 하지만 불세존, 존귀하신 분이여, 저는 가끔 이곳에서 보냈던 날들을, 두 눈으로 성자를 뵈었던 이 시간들을 떠올릴 것입니다."

붓다의 시선은 고요히 땅을 향했고, 불가해한 그의 얼굴은 고요하고 무심하게 빛나고 있었다.

응공, 존경스러운 그분이 천천히 말을 시작했다. "당신의 생각에 오류가 없기를 바라오! 당신이 목표를 이루길 바라오! 하지만 나에게 말해 주시오. 당신은 내 제자들의 무리, 나의 가르침에 귀의한 형제들을 본 적이 있소? 외지에서 온 사문인 당신은 나의 가르침을 떠나 속세와 쾌락의 삶으로 돌아가는 것이 이 모든 것보다 낫다고 여기는 것이오?"

그러자 싯다르타가 외쳤다. "저는 그런 생각을 멀리하고 있습니다. 그러한 모든 것이 가르침에 녹아 있다면 목표에 도달할 것입니다! 저는 다른 이들의 삶을 판단하려는 게 아닙니다. 오로지 나만을 위해, 나 혼자만을 위해 저는 판단하고 선택하고 거부하려는 것입니다. 불세존, 존귀한 분이시여, 우리 사문들은 자아로부터의 해탈을 구하고 있습니다. 응공, 존경하는 분이시여, 당신의 제자가 되었을 때 일어날까 두려운 일이 있습니다. 당신의 가르침을 받았고, 제자들의 무리가 있고, 당신에 대한 사랑이 있고, 이 승려들의 무리가 나의 자아가 되었기 때문에, 겉으로만 거짓으로 나의 자아가 평온함을 얻고 해탈에 이르지 않을까, 그런데도 실제로는 저의 자아가 계속 살아남아 커지는 삶을 살게 되지 않을까 두렵습니다!"

가우타마는 웃음을 살짝 머금고 흔들림 없이 환하고 다정하게 외지에서 온 사문의 눈을 보았고, 보일 듯 말 듯한 몸짓으로 작별 인사를 했다.

"사문이여, 당신은 지혜롭군요." 불세존, 존귀한 자가 말했다. "나의 친구여, 지혜롭게 말하는 법을 알고 있군요. 지혜가 넘치지 않게 조심하길 바라오!"

붓다는 그 자리를 떠났고, 그의 시선과 살짝 머금었던 웃음은 싯다르타의 기억에 영원히 아로새겨졌다.

싯다르타는 이렇게 생각했다. '나는 그렇게 보고 웃고 앉아서 외치는 사람을 본 적이 없어. 나도 그렇게 자유롭고, 존경스럽게, 비밀스럽게, 허심탄회하게, 어린아이처럼, 신비스럽게 보고 웃고 앉아서 외칠 수 있기를 진정으로 원해. 자기 자신의 가장 내밀한 곳까지 들어간 사람만이 그렇게 진실로 보고 웃고 앉아서 외칠 수 있지. 나도 자아의 가장 내밀한 곳으로 들어가는 법을 찾아야 해.'

싯다르타는 한 사람, 자신이 시선을 떨구어야 하는 단 한 사람을 보았다고 생각했다. 자신은 다른 어떤 이에게 더는, 누구에게도 더는 시선을 떨구지 않으리라. 이 사람의 가르침도 자신을 홀리지 못했으니, 다른 어떤 가르침도 자신을 홀리지 못하리라.

싯다르타는 붓다가 자신을 빼앗아 갔다고 생각했다. 그는 자신을 빼앗아 갔지만 자신에게 그 이상을 주었다. 그는 자신이 의지했던 친구를 빼앗아 갔다. 고빈다는 자신의 그림자였지만 이제 가우타마를 믿고 가우타마의 그림자가 되었다. 하지만 그는 나, 싯다르타에게 나 자신을 선물로 주었다.

깨어남

명행족, 완전자 붓다가 남아 있고, 고빈다가 남아 있는 숲을 떠날 때, 싯다르타는 이 숲에 지금까지 살아왔던 자신의 삶도 남겨 두고 그 삶에서 떨어져 나온 듯한 느낌을 받았다. 그는 천천히 걸으며 자신을 가득 채우고 있는 이 감정을 곰곰이 생각해 보았다. 싯다르타는 원인을 인식하는 것이, 마치 그러한 이유들이 머무르고 있는 감정의 바닥에 닿을 때까지 깊은 물을 파헤치는 것처럼 여겨졌다. 그는 이렇게 느끼는 이유들을 곰곰이 생각해 보았다. 이것은 그야말로 생각이고, 이것을 통해 감정들이 인식되어 사라지지 않고 본질적인 것이 되어 그 안에 있는 것들이 빛을 발하기 시작했다.

천천히 걸으며 싯다르타는 가만히 생각해 보았다. 그는 자신이 소년이 아닌 남자가 되었음을 깨달았다. 그는 뱀이 오래

된 허물을 벗어 던지고 탈피를 하듯 자신이 떠나보낸 것이 있음을, 소년 시절 내내 자신과 함께했고 자신의 일부였던 것이 더 이상 자신의 곁에 없음을 깨달았다. 그것은 스승을 찾고 가르침을 받고 싶다는 소망이었다. 그는 이 여정에서 만났던 마지막 스승, 최고의 경지에 오른 지혜로운 스승이자 성자인 붓다를 떠났고, 그와 이별해야만 했고, 그의 가르침을 받아들일 수 없었다.

이런 생각에 잠겨 싯다르타는 더 천천히 걸으며 자기 자신에게 물었다. '네가 가르침과 스승으로부터 배우려고 했던 것이 무엇이고, 너에게 많은 것을 가르쳐 주었던 그들이 너에게 가르쳐 줄 수 없었던 것이 무엇이지?' 그리고 그는 답을 찾았다. '내가 배우고자 했던 것의 의미와 본질은 자아였던 거야. 내가 벗어나고, 내가 극복하려고 했던 것이 자아였던 거야. 하지만 나는 자아를 극복할 수 없었고, 자아를 속이고, 자아로부터 도망치고, 자아로부터 숨어 버리기만 했지. 실제로 나의 자아에 대해, 혹은 내가 살아 있고, 내가 다른 모든 것과 분리된 존재이고, 내가 싯다르타라는 이러한 비밀보다 더 많은 생각을 쏟아붓게 한 건 없었어! 그렇지만 나는 이 세상의 어떤 것보다 나에 대해, 싯다르타에 대해 잘 모르고 있었던 거야!'

천천히 걸으며 생각에 잠겨 있던 그는 이런 생각들에 사로잡히자마자 멈춰 섰다. 이런 생각들이 꼬리에 꼬리를 물고 이

어졌다. '나는 나에 대해 아무것도 몰랐고, 싯다르타가 나에게 너무 낯설고 알 수 없는 존재로 남아 있었어. 이 단 한 가지 이유 때문이었던 거야. 나는 나를 겁내고 있었고, 나에게서 도망치고 있었던 거야! 나는 아트만을 찾으려 했고, 브라만을 찾으려 했고, 나의 자아를 산산조각 내고 껍질을 벗겨 내어 미지의 내밀한 곳에서 이 모든 껍질들의 알맹이, 소위 아트만, 삶, 신성한 것, 궁극의 것을 찾으려고 했던 거지. 그러다가 나 자신을 잃고 말았지.'

싯다르타는 눈을 뜨고 주위를 둘러보았다. 그의 얼굴에는 웃음이 가득했고, 기나긴 꿈에서 깨어난 심오한 감정들이 그의 발가락까지 밀려들었다. 이제 그는 자신이 무엇을 해야 하는지 아는 남자가 되어 있었기에 다시 한번 발걸음을 재촉했다.

그는 심호흡을 하며 생각했다. '그래, 나는 더 이상 나에게서, 싯다르타에게서 벗어나려고 몸부림치지 않을 거야. 더 이상 아트만과 속세에 대한 번뇌로 내 생각과 삶을 시작하지 않을 거야. 나는 더 이상 자신을 죽이고 산산조각 내어 그 조각들 뒤에서 비밀을 찾아내려 하지 않을 거야. 더 이상《요가베다》에도,《아타르바베다》에도, 고행에도, 어떤 가르침에도 나를 맡기지 않을 거야. 스스로 배우고 스스로의 제자가 되어 나를, 싯다르타의 비밀을 알아 갈 거야.'

그는 처음 세상을 보는 것처럼 주위를 둘러보았다. 세상은 아름답고, 화려하고, 진기하고 신비로웠다! 여기는 푸르고, 여기는 노랗고, 여기는 초록이고, 하늘은 흘러가고, 강, 숲은 멈춰 있고 산이 있었다. 모든 것이 아름답고, 모든 것이 신비롭고 마법 같았다. 그 사이에서 그는, 싯다르타는, 깨어난 자는 자기 자신에게로 가고 있었다. 이 모든 것이, 노랑과 파랑, 강과 숲이 처음으로 싯다르타의 눈에 들어왔고, 더 이상 마라 파피야스(불교의 마신-옮긴이)의 마법에 걸려 있지 않았고, 마야의 베일에 숨겨져 있지 않았고, 현상 세계의 의미 없고 우연으로 빚어진 다양성도 아니었고, 다양성을 비방하고 합일을 추구하며 심오한 생각에 침잠한 브라만들에 대한 경멸도 아니었다. 파랑은 파랑이었고, 강은 강이었다. 싯다르타의 파랑과 강에 하나이자 신적인 것이 숨겨져 있더라도 이곳의 노랑, 이곳의 파랑, 저곳의 하늘, 저곳의 숲, 이곳의 싯다르타가 존재하는 것이 바로 신적인 것의 특성과 의미였다. 의미와 본질은 어떤 사물들 뒤의 어디엔가 존재하는 것이 아니라 그 사물들 안에, 모든 것 안에 존재하는 것이었다.

'내가 얼마나 무감각하고 무뎠는지!' 싯다르타는 빠른 걸음으로 거닐며 생각했다. '글을 읽고 그 의미를 찾으려는 사람은 문장 부호와 문자를 무시하지 않고, 이런 것들을 속임수이고 우연이고 무가치한 껍질이라고 부르지 않아. 그는 이런 것들을, 문자 하나하나를 읽고 공부하고 사랑하지. 나는 세상이라는 책과 나의 고유한 본질이라는 책을 읽으려 하면서도 이미 추측해 놓은 의미를 위해 문장 부호와 문자를 무시했고, 현상의 세계를 속임수라고 했고, 내 눈과 혀를 우연하고 가치 없는 현상이라고 했지. 그래, 이런 것은 지나가는 것들이야. 나는 깨어났어. 실제로 나는 깨어났고 오늘 처음 태어난 거야.'

싯다르타는 이런 생각을 하다가 마치 뱀이 그의 앞을 가로막고 있는 듯 갑자기 멈춰 섰다.

갑자기 이것도 뚜렷해졌다. 실제로 깨어난 자, 갓난아이와 같은 상태였던 그는 자신의 삶을 처음부터 완전히 새로 시작해야 했다. 그가 이미 깨어나 자기 자신을 향해 나아가고 있었던 그날 아침, 기원정사, 불세존, 존귀한 자의 숲을 떠났을 때만 해도 그는 몇 년 동안 고행을 했으니 고향과 아버지의 품으로 돌아가는 것이 당연하고 자명한 일이라고 생각했다. 하지만 지금, 이 순간 뱀이 길을 가로막고 있기라도 하듯 그가 멈춰 섰을 때 깨달은 사실이 있었다. '나는 더 이상 과거의 내가 아니야. 나는 더 이상 고행자가 아니야. 나는 더 이상 성직자가 아니야. 나는 더 이상 브라만이 아니야. 만일 내가 고향으로 돌아간다면 아버지 곁에서 무엇을 해야 하지? 공부? 제사? 삼매 수행? 이 모든 것은 지나가는 것들이야. 이 모든 것들은 더 이상 나의 길에 없어.'

싯다르타는 가만히 서 있었다. 순식간에 그의 심장이 얼어붙는 것 같았다. 자신이 혼자라는 사실을 깨달은 그 순간, 마치 작은 짐승이나 한 마리의 새 혹은 토끼라도 된 것처럼 가슴 깊은 곳이 얼어붙는 것처럼 느껴졌다. 몇 년 동안 그는 집도 없었고 아무것도 느끼지 못했다. 이제 그는 그런 것들을 느낄 수 있었다. 완전히 삼매경에 빠져 있을 때에도 여전히 그는 아버지의 아들이었고, 브라만이었고, 높은 신분을 가진 자였고, 지성을 지닌 자였다. 이제 그는 싯다르타, 깨어난 자에 불과할 뿐 그 이상도 이하도 아니었다. 그는 깊이 숨을 들이쉬었고, 잠시 얼어붙었고, 전율을 느꼈다. 그 누구도 자신처럼 혼자가 아니었다. 어떤 귀족도 귀족에 속하지 않는 자가 없었고, 어떤 수공업자도 수공업자에 속하지 않는 자가 없었고, 자신들만의 안식처를 찾았고, 그들의 삶을 함께 살았고, 그들의 언어를 말했고, 혼자가 아니었다. 브라만이라고 여겨지지 않으면서 브라만과 함께 사는 브라만도 없었고, 사문의 신분이 아니면서 그들에게서 안식처를 찾은 고행자도 없었고, 숲으로 사라진 은자도 혼자가 아니었다. 그에게는 속해 있는 곳이 있었고, 그 역시 고향이 있었다. 고빈다는 승려가 되었고, 수천 명의 승려가 그의 형제들이었고, 그의 옷을 입고 있고, 자신의 믿음을 믿었고, 자신의 언어를 말했다. 하지만 싯다르타, 그는 어디에 속해 있었을까? 그는 어떤 삶을 살아가게 될까? 그는 어떤 언어를 말하게 될까?

그의 주변 세상이 녹아서 사라지고, 싯다르타는 하늘의 별처럼 홀로 서 있던 이 순간으로부터, 추위와 위축의 순간으로부터 날아올라 과거의 자아보다 더 단단하게 뭉쳐졌다. 그는 느꼈다. 이건 깨어남에서 오는 마지막 전율이구나. 탄생하는 순간의 마지막 몸부림이구나. 그는 다시 발걸음을 떼고 빠르게 급히 걸었다. 더는 고향으로도, 아버지에게도 돌아가지 않으리라.

siddhartha

2부

일본에 있는 나의 사촌

빌헬름 군데르트에게 바칩니다.

카말라

(Kamala, 산스크리트어로 연꽃이란 뜻-옮긴이)

싯다르타는 자신의 길을 가기 위한 발걸음을 내디딜 때마다 새로운 것을 배웠다. 세상이 달라 보였고, 그의 마음도 이런 세상에 매료되었기 때문이었다. 그는 숲이 울창한 산맥 위로 해가 떠오르고 저 멀리 야자수가 줄지어 있는 해변 너머로 해가 지는 광경을 보았다. 밤마다 그는 별들이 하늘을 수놓고, 푸른 바다 위의 배처럼 초승달이 둥둥 떠 있는 모습을 보았다. 그는 나무, 별, 짐승, 구름, 무지개, 바위, 풀, 꽃, 시내와 강, 아침의 떨기나무에서 반짝이는 이슬, 저 멀리 푸르고 창백한 높은 산들을 보았다. 새들이 지저귀고, 벌들은 윙윙대고, 논에서는 은빛 바람이 불어왔다. 이 수천 가지의 오색찬란한 것들은 언제나 그 자리에 있었으며, 해와 달은 언제나 빛났고, 강물은 언제나 졸졸 흘렀고, 벌들은 언제나 윙윙거렸다. 하지만 지난

날 싯다르타의 눈에 이 모든 것은 덧없고 속임수와 같은 베일처럼 무가치한 것이어서 불신의 눈으로 보고 생각을 뚫고 나가 소멸시켜야 하는 것들이었다. 이것은 본질이 아니었고, 본질은 보이는 것의 저편인 피안彼岸에 존재하기 때문이었다. 과거의 얽매임에서 벗어난 그의 시선은 이제 차안此岸에 머물러 있었고, 눈에 보이는 것을 보고 깨달았고, 지금 살아가는 이 세상에서 본향을 찾았고, 본질을 구하지 않았고, 피안을 목표로 두지 않았다. 세상은 어떤 것도 구하려 하지 않고 단순하게 어린아이의 눈으로 볼 때 아름다웠다. 달과 천체가 아름다웠고, 시내와 물가, 숲과 바위, 염소와 꽃무지, 꽃과 나비가 아름다웠다. 이렇게 어린아이처럼 천진난만하게 깨어 있고, 가까이에 있는 것들을 찾고, 불신하지 않고 세상 곳곳을 다니는 것은 아름다웠다. 머리 위를 비추는 햇살이 달랐고, 숲의 그늘이 주는 시원함이 달랐고, 시내와 빗물 통, 호박과 바나나의 맛이 다르게 느껴졌다. 낮도 짧았고 밤도 짧았으며, 돛단배가 돛 아래에 보물과 기쁨을 가득 싣고 바다를 항해하듯 시간은 쏜살같이 흘러갔다. 싯다르타는 지붕 모양으로 불쑥 솟아오른 울창한 숲의 나뭇가지에 매달려 떠돌아다니는 원숭이 무리를 보았고, 거칠고 탐욕적인 그들의 노랫소리를 들었다. 그는 숫양이 암양을 쫓아가 교미하는 모습을 보았다. 그는 갈대가 있는 강에서 저녁의 허기를 채우기 위해 강꼬치고기를 잡는 사람의 모습을, 그의 눈앞에서 두려움에 가득 차 파닥거리며 반짝이는 어린 물고기 떼가 물에서 건져 올려지는 모습을 보았고, 격정적으로 물고기를 낚는 자를 끌어당기며 급히 몰아치는 소용돌이에서는 힘과 열정이 절박하게 풍겨 나왔다.

이 모든 것은 언제나 존재했지만, 그는 보지 않았고 그 자리에 있지 않았다. 이제 그는 여기에 있고 여기에 속해 있다. 그의 눈을 통해 빛과 그림자가 흘러갔고, 그의 마음을 통해 별과 달이 흘러갔다.

싯다르타는 길을 가다가도 자신이 기원정사에서 겪었던 모든 것을, 그곳에서 들었던 가르침을, 신성한 붓다를, 고빈다와의 이별을, 불세존, 존귀한 그분과의 대화를 떠올렸다. 그는 자신이 불세존, 존귀한 그분에게 했던 말들과 단어 하나하나를 되새기다가 당시 자신도 전혀 모르고 있던 것들을 입 밖으로 내뱉었다는 사실을 깨닫고 깜짝 놀랐다. 그는 가우타마에게 이런 말을 했었다. 붓다의 보물과 비밀은 가르침이 아니라, 언젠가 그가 깨달음의 순간에 체험했던 말로 표현할 수 없는 것과 가르칠 수 없는 것이라고 말이다. 세상 밖으로 나온 지금 그가 체험을 위해 나선 것, 지금 그가 체험을 시작한 것이 바로 그것이었다. 지금 그는 스스로 체험해야 했다. 그는 이미 오래전에 그 자신이 아트만이고, 우주의 근본 원리 브라만처럼 영원한 존재라는 사실을 깨달았다. 하지만 그는 사유의 그물에 갇혀 있길 원했기 때문에 단 한 번도 진정으로 자기 자신을 발견한 적이 없었다. 육체가 자기 자신이 아닌

것은 확실했고, 감각의 유희도 자기 자신은 아니었듯이, 어떤 결론을 내리고 이미 가정해 놓은 것에서 새로운 사유의 실을 뽑아내기 위한 이성도, 습득된 지혜도, 습득된 요령도 자기 자신은 아니었다. 그렇지 않았다. 인간이 감각이라는 우연의 산물로 채워진 자아를 죽여도, 사유와 학식이라는 우연의 자아로 살찌우면 이러한 사유의 세계는 아직 이곳, 차안에 있었다. 감각과 사유 두 가지 모두 아름다운 일이었고, 이 두 가지 뒤에 궁극의 의미가 숨겨져 있었다. 이 두 가지는 들어 보아야 하고, 즐겨야 하고, 경멸하고 과대평가하지 말아야 하는 것이었고, 이 두 가지에서 나온 가장 내밀한 곳의 비밀스러운 음성은 귀 기울여야 하는 것이었다. 그는 이 음성이 명령하는 대로 따를 뿐 아무것도 구하려 하지 않았고, 이 음성이 권하는 곳 외에 어디에도 머무르려 하지 않았다. 가우타마는 하고많은 시간 중 왜 그때 보리수菩提樹 아래에 앉아 있었고 깨달음을 얻게 되었을까? 그는 한 음성을, 이 나무 아래에서 쉼을 구하라고 명령하는 마음속 음성을 들었다. 그는 고행을 하지도, 제사를 올리지도, 목욕재계를 하지도, 기도를 드리지도 않았으며 먹지도 마시지도 않고, 잠도 자지 않고, 꿈도 꾸지 않고 그 음성을 따랐다. 그는 외적인 명령이 아닌 오직 이 음성만 따르고 받아들일 준비를 하는 것이 좋았다. 그에게는 다른 어떤 것도 필요하지 않았고 오직 이것만이 필요했다.

깊은 밤 싯다르타는 강가에 짚으로 지은 뱃사공의 오두막에서 잠을 자다가 꿈을 꾸었다. 고빈다가 노란색 법복을 입고 그의 앞에 서 있었다. 고빈다는 슬퍼 보였고, 슬픈 목소리로 그에게 물었다. 왜 나를 떠났니? 그때 싯다르타는 고빈다를 꼭 안고 팔을 감았다. 싯다르타가 고빈다를 자신의 품으로 끌어당기며 입맞춤을 했을 때 고빈다가 아닌 여인이 있었다. 법복은 풍만한 가슴으로 부풀어 올랐고 싯다르타는 젖가슴을 빨았다. 젖에서 달콤하고 강렬한 맛이 났다. 젖에서 여자와 남자, 해와 숲, 짐승과 꽃, 온갖 과일, 온갖 쾌락의 맛이 났다. 젖을 빨자 그는 취하여 의식을 잃었다. 오두막의 문틈 사이로 창백하게 강이 빛났고, 숲에서는 검은 올빼미가 낮고 듣기 좋은 소리로 울고 있었다.

날이 밝자 싯다르타는 집주인인 뱃사공에게 강을 건너게 해 달라고 부탁했다. 뱃사공이 대나무를 엮어 만든 뗏목에 그를 태워 강을 건넜는데, 새벽 햇살이 넓게 펼쳐진 강을 붉게 물들이고 있었다.

"아름다운 강이군요." 싯다르타가 뱃사공에게 말했다.

"그렇소. 참 아름다운 강이지요. 저는 이 강의 모든 것을 사랑합니다. 저는 이따금 강의 소리에 귀 기울이고, 강의 눈을 보고, 강에게 배우지요. 많은 것을 강에게서 배울 수 있답니다."

"자비로운 분이시여, 감사합니다." 강 건너에 이르자 싯다르타가 말했다. "죄송합니다만, 제가 큰 신세를 졌는데 당신께 드릴 삯이 없습니다. 사실 저는 브라만의 아들이자 사문이며 집이 없는 떠돌이입니다."

뱃사공이 말했다. "그런 것 같았소. 애초부터 당신께 뱃삯과 하룻밤 신세를 진 대가를 바라지 않았소. 다음에 기회가 되면 선물을 주시오."

"저를 믿으십니까?" 싯다르타가 흥미롭다는 듯 말했다.

"물론이오. 이것도 강을 통해 배운 것이오. 모든 것은 다시 돌아오기 마련이오! 사문께서도 다시 돌아오게 될 것이오. 잘 가시오! 당신과의 우정이 뱃삯인 셈이오. 신들에게 제사를 올릴 때 나를 기억해 주길 바라오."

두 사람은 웃으며 헤어졌다. 싯다르타는 사공의 우정과 친절함에 웃으며 기뻐했다. '그는 고빈다 같아.' 그는 웃으면서 생각에 잠겼다. '길을 가다가 만나는 모든 사람이 고빈다 같아. 모두가 고마운 사람들이야. 감사에 대한 대가를 요구했다고 해도 감사를 받을 자격이 충분한 사람들이지. 모두가 순종적이고, 친구가 되길 원하고, 기꺼이 순종하고, 생각을 많이 하지 않아. 어린아이와도 같은 사람들이지.'

그는 정오가 되어 마을에 도착했다. 점토로 지은 오두막 앞에서 아이들이 뒹굴고 있었다. 아이들은 호박씨와 조개를 가지고 놀면서 소리 지르며 싸우고 있었다. 그러다가 낯선 사문이 앞에 나타나자 겁을 먹고 달아났다. 마을의 끝에 있는 길은 도시로 통했고 시냇가에서는 젊은 여인이 무릎을 꿇고 옷을 빨고 있었다. 싯다르타가 여자에게 인사하자 여자는 고개를 들어 웃으며 그를 쳐다보았다. 여자의 눈이 하얗게 빛나는 것이 보였다. 그는 여행자들이 흔히 하듯이 여자에게 축복을 기원하고는 큰 도시까지 가려면 얼마나 남았는지 물었다. 그때 여자가 일어나더니 그에게 다가왔는데, 풋풋한 얼굴의 촉촉한 입술이 아름답게 빛났다. 여자는 그와 농담을 했고, 그가 식사를 했는지, 정말로 사문들이 밤에 홀로 숲에서 잠을 자는지, 여인을 가까이하면 안 되는지 물었다. 여자는 자신의 왼발을 그의 오른발에 올렸고, 교본에서 '나무에 오르기'라고 칭한 행위, 여자가 남자에게 사랑의 향락을 선사하기 위해 하는 것과 비슷한 몸짓을 했다. 싯다르타는 피가 끓어오르는 것을 느꼈다. 순간 그는 자신이 꾸었던 꿈이 다시 떠올라 여자에게 몸을 살짝 굽히고 그녀의 갈색 유두에 입맞춤했다. 그는 욕망이 넘치는 여자의 얼굴이 웃고 있으며 초점을 잃어 작아진 눈동자가 갈망으로 타오르는 것을 보았다.

싯다르타도 갈망과 성의 근원이 요동치는 것을 느꼈다. 그는 한 번도 여자에게 닿아 본 적이 없었기 때문에 잠시 머뭇거렸지만, 그의 손은 이미 그녀를 만질 준비가 되어 있었다. 순간 그는 자신의 내면에서 울리는 소리에 전율했다. 그 음성은 안 된다고 말하고 있었다. 마법에 홀린 듯 젊은 여인의 웃는 얼굴이 사라졌기 때문에 그는 욕정이 들끓는 암컷의 촉촉한 눈빛에서 더 이상 아무것도 보지 못했다. 그는 다정하게 그녀의 뺨을 어루만진 후 다시 몸을 돌렸고, 실망한 여자를 앞에 두고 재빠르게 대나무 숲으로 사라졌다.

이날 싯다르타는 저녁이 되기 전에 큰 도시에 도착했고 자신이 사람을 그리워하고 있다는 사실에 기뻐했다. 그는 오랫동안 숲에서 살았고, 그날 하룻밤을 보냈던 뱃사공의 오두막이 숲 생활을 시작하고 처음 밤을 지낸 지붕이 있는 집이었다.

도시 가까이에 있는 아름다운 울타리가 쳐진 숲에서 짐이 가득 실린 바구니를 든 몇몇의 하인 무리와 한 방랑자가 마주쳤다. 네 사람이 들고 있던 장식된 가마 한 가운데에는 여주인이 화려한 볕가리개 아래, 빨간 방석에 앉아 있었다. 싯다르타는 쾌락의 숲 입구에 가만히 서서 이 행렬을 구경했고, 하인과 하녀와 바구니를 보았고, 가마를 보았고, 가마를 탄 여인을 보았다. 그는 높이 틀어 올린 검은 머리 아래에 있는 몹시 하얗고, 몹시 섬세하고, 몹시 영리해 보이는 얼굴과 갓 피어난 싱그러운 무화과와 같은 연분홍 입술, 잘 다듬어진 높은 활 모양으로 그려진 눈썹, 영리하면서 경계하는 듯한 검은 눈, 초록과 금빛 상의 위로 높이 솟아 있는 새하얀 목, 넓은 금고리를 찬 손목과 차분히 놓인 가늘고 긴 손가락과 새하얀 손을 보았다.

싯다르타는 아름다운 그녀를 보고 마음 속으로 웃고 있었다. 그는 가마가 다가오자 고개를 푹 숙여 인사하며 그녀의 밝고 애교 넘치는 얼굴을 보았고, 영리하고 높게 솟은 아치처럼 동그란 눈의 눈빛을 읽었고, 지금까지 알지 못했던 향기로운 숨결을 느꼈다. 그 아름다운 여인은 웃으면서 눈짓에 고개를 끄덕이곤 숲으로 사라졌고, 그녀의 뒤를 하인들이 따라갔다.

싯다르타는 생각했다. '내가 좋은 기운을 느끼며 이 도시에 발을 들여놓은 거구나.' 이 기운이 그의 발걸음을 즉시 숲으로 이끌었고, 그는 생각에 잠겨 있었다. 그러다가 입구의 하인과 하녀들이 자신을 얼마나 경멸스럽게, 얼마나 불신하며, 얼마나 거부감이 담긴 눈초리로 쳐다보았는지 뒤늦게 눈치챘다.

'나는 아직 사문이고 고행자에 동냥하러 다니는 신세야.' 그는 생각했다. '그러니까 나는 이곳에 머무르면 안 되고 이 숲에 발을 들여도 안 되지.' 그리고 그는 웃었다.

그는 그다음 길에서 만난 사람들에게 이 숲과 여인에 대해 물었고, 이 숲이 유명한 창녀인 카말라의 소유라는 것과 이 숲 밖에 있는 도시에 그녀의 집이 있다는 것도 알게 되었다.

그런 다음 그는 도시로 갔다. 이제 그에게는 목표가 생긴 것이었다.

싯다르타는 자신의 목표를 좇아서 도시 안으로 홀짝홀짝 빨려 들어갔고, 골목의 흐름에 자신을 몰아넣었고, 광장에서 가만히 서 있기도 했고, 강의 돌계단에서 쉬기도 했다. 저녁 무렵 그는 이발사의 조수라는 자와 친구가 되었다. 그는 이 사내가 아치형 건물의 그늘에서 일하는 모습을 보았는데, 비슈누(Visnu, 힌두교의 세 주신 중 하나. 세계의 질서를 유지하는 신-옮긴이)의 사원에서 기도하는 그를 다시 만나서 비슈누와

락슈미(Laksmi, 고대 인도 신화에 나오는 아름다움 또는 행운의 여신. 비슈누의 아내라고도 함-옮긴이)에 대한 이야기를 해 주었다. 그는 강가의 배에서 밤을 보냈다. 다음 날 이른 아침 이발사의 조수에게 가서 첫 손님들이 오기 전에 수염을 깎고, 머리를 자르고, 빗질을 하고 귀한 향유를 발라 달라고 부탁했다. 그다음에 강으로 가서 몸을 씻었다.

늦은 오후에 아름다운 카말라가 가마를 타고 숲 가까이에 도달했을 때, 싯다르타는 입구에 서 있다가 그녀에게 몸을 굽혀 인사했고 그녀의 인사도 받았다. 싯다르타는 행렬의 끝에 있는 하인에게 손짓했고, 젊은 브라만이 이야기를 나누길 원한다고 여주인에게 전해 달라 했다. 잠시 후 하인이 돌아와, 기다리고 있던 싯다르타에게 자신을 따라오라고 하며 아무 말 없이 정자로 안내했다. 카말라는 침대 위에 누워 있었다. 하인은 떠나고 싯다르타와 카말라만 남았다.

"혹시 어제 밖에 서 있다가 저에게 인사를 했던 분이 아닌가요?"

"네, 어제 저는 당신을 보았고 인사를 했었지요."

"어제는 수염이 있었고 장발에 머리카락에는 먼지가 덕지덕지 붙어 있지 않았던가요?"

"관찰력이 좋으시군요. 어제는 그랬었죠. 어제 당신이 보았던 싯다르타라는 사람, 브라만의 아들은 사문이 되기 위해 고향을 떠났고 삼 년 동안 사문으로 살았습니다. 이제 저는 사문의 길을 떠났고 이 도시에 왔습니다. 이 도시에 와서 처음 만난 사람이 당신이었습니다. 카말라! 저는 이 말을 하려고 왔습니다! 당신은 저, 싯다르타가 시선을 떨구지 않고 처음으로 대하는 여인입니다. 아름다운 여인과 마주쳐도 저는 더는 시선을 떨구거나 피하지 않을 것입니다."

카말라는 웃었고 공작 깃털 부채로 장난을 쳤다. 그러고는 물었다. "싯다르타, 고작 이 말을 하려고 저를 찾아오셨나요?"

"이 말도 하고, 당신이 너무 아름다워서 감사하다는 말을 하려고 왔습니다. 카말라, 불쾌하지 않다면 저의 친구이자 스승이 되어 주십시오. 당신이 가장 잘 다루는 기술에 대해 저는 아직 아무것도 모릅니다."

그러자 카말라가 큰소리로 웃었다.

"친구여, 숲에서 온 사문이 저에게 와서 무언가를 배우려고 한 적은 없었어요! 장발에 낡고 너덜너덜한 도티만 걸친 사문이 저에게 온 적은 없었다고요! 많은 청년이 저를 찾아오지요. 물론 그중에는 브라만의 아들도 있어요. 하지만 이들은 멋진 옷을 차려입고, 고급 신발을 신고, 머리에서는 좋은 향내를 풍기고, 주머니에는 돈을 가득 채워 온답니다. 사문이여, 저를 찾아오는 청년들은 그렇답니다."

싯다르타가 말했다. "저는 당신에게 벌써 배우기 시작했습니다. 어제도 당신이 저에게 가르쳐 준 것이 있습니다. 저는 수염을 깎았고, 머리를 빗었고, 머리에 기름을 발랐습니다. 아직 저에게 부족한 것은 좋은 옷, 좋은 신발, 돈주머니입니다. 당신처럼 뛰어난 분이 가지고 있는 것들이지요. 그런데 알고 계십니까? 저, 싯다르타는 그런 사소한 것들보다 더 어려운 일을 하기로 마음먹었고 해냈습니다. 어제 저는 당신과 친구가 되고 당신을 통해 사랑의 기쁨을 배우기로 마음먹었지요. 제가 못 해낼 리가 없지 않습니까! 카말라, 당신은 저에게 가르쳐 줄 수 있습니다. 저는 당신이 제게 가르쳐 주어야 하는 것보다 더 어려운 것도 배웠습니다. 그런데 머리에 기름을 발랐어도 옷도, 신발도, 돈도 없는 싯다르타라는 사람 하나로는 부족하다는 뜻입니까?"

카말라가 웃으면서 외쳤다. "그래요. 귀한 분이시여, 당신만으로는 아직 부족해요. 당신은 옷 중에서도 아름다운 옷을, 신발 중에서도 아름다운 신발을, 두둑한 돈주머니를, 이 카말라를 위해 선물을 살 능력을 갖춰야 해요. 아시겠어요? 숲에서 오신 사문님? 무슨 말인지 알아들으셨나요?"

싯다르타가 외쳤다. "당신이 무슨 말을 하는지 잘 알아들었습니다. 그 입술에서 나오는 말을 제가 못 알아들을 리가 없지 않습니까! 카말라, 당신의 입술은 갓 피어난 싱그러운 무화과 같습니다. 제 입술도 붉고 싱그럽지요. 당신의 입술과 잘 어울린다는 것을 곧 알게 될 것입니다. 하지만 말씀해 주십시오, 아름다운 카말라! 당신은 숲에서 온 사문이 사랑을 배우겠다는 게 전혀 두렵지 않습니까?"

"숲에서 온 사문은 자칼들의 무리와 어울려 살고 여자를 전혀 몰라요. 제가 두려워해야 할 이유가 있나요?"

"오! 이 사문은 강인합니다. 그는 아무것도 두려워하지 않습니다. 그는 당신처럼 아름다운 아가씨를 굴복시킬 수 있습니다. 그는 당신을 강제로 범할 수 있습니다. 그는 당신을 아프게 할 수도 있습니다."

"아니요! 사문님, 저는 그런 걸 두려워하지 않아요. 사문이었고 브라만이었다는 사람이 누군가 다가와서 그를 붙잡아 놓고 그에게서 학식과 경건함과 심오한 의미를 빼앗아 가는 걸 두려워할까요? 그렇지 않아요. 둘 다 그의 것이고 그는 자신이 주고 싶은 것과 주고 싶은 사람에게만 줄 뿐이기 때문이죠. 이건 카말라와도, 사랑의 기쁨과도 마찬가지예요. 카말라의 입술이 아무리 아름답고 붉다고 해도 카말라가 원치 않는데 입맞춤하려고 한다면, 입맞춤이 주는 달콤함이 아무리 강렬하다고 해도 당신은 단 한 방울의 달콤함도 느끼지 못할 거예요! 싯다르타, 당신은 학식이 뛰어난 분이니 이런 것도 배워야 해요. 사랑은 골목에서 구걸할 수 있고, 돈으로 살 수 있고, 선물 받을 수 있지만 강압적으로 빼앗을 수 있는 게 아니에요. 당신이 생각한 방법은 잘못되었어요. 그건 아니에요. 당신처럼 멋진 청년이 그런 잘못된 방법으로 공격하려 하다니 유감이군요."

싯다르타는 웃으면서 머리를 숙여 인사했다. "카말라, 당신의 말이 너무 옳아 유감이군요! 정말 유감이군요. 그래요! 저는 당신의 입술이 주는 달콤함을 단 한 방울도 잃지 않을 것이고, 당신도 마찬가지일 것입니다! 이렇게 합시다. 싯다르타가 부족한 것, 옷과 신발과 돈을 갖게 되면 다시 당신에게 오는 것으로 말입니다. 사랑스러운 카말라, 저에게 작은 조언을 해 주시겠습니까?"

"조언이요? 못할 것도 없지요! 숲에서 자칼들의 무리와 어울리다 온 가난하고 아무것도 모르는 사문에게 기꺼이 조언하길 누가 원치 않겠어요?"

"사랑하는 카말라, 이 세 가지를 가장 빨리 얻으려면 어디로 가야 합니까?"

"친구여, 많은 사람이 그걸 알고 싶어 한답니다. 당신이 배운 것을 행동으로 옮기고 그 대가로 당신에게 돈과 옷과 신발을 줄 수 있게 만들어 보세요. 가난한 자에게는 달리 돈을 구할 방법이 없답니다. 당신이 할 줄 아는 게 있나요?"

"저는 생각을 할 줄 알고, 기다릴 줄 알고, 단식을 할 줄 압니다."

"그것밖에 없나요?"

"아무것도 없습니다. 그런데 시를 지을 줄 압니다. 제가 당신을 위해 시를 지으면 보답으로 입맞춤을 받을 수 있을까요?"

"당신의 시가 마음에 들면 그렇게 하죠. 어떤 시인지 들어볼까요?"

싯다르타는 잠시 생각에 잠겼다가 시를 읊었다.

그늘진 숲으로 아름다운 카말라가 들어왔네.
숲의 입구에 갈색으로 그을린 피부의 사문이 서 있네.
오묘한 눈빛으로 활짝 핀 연꽃을 보았을 때,
그는 허리 굽혀 인사하고,
웃으면서 카말라에게 고마움을 전했네.
젊은이는 생각했네.
신에게 제사를 올리는 것보다 사랑스럽다고.
아름다운 카말라에게 제사를 올리는 것이 더 사랑스럽다고.

카말라는 금팔찌가 부딪히는 소리가 쩌렁쩌렁 울릴 정도로 손뼉을 크게 쳤다.

"갈색으로 그을린 피부의 사문이여, 당신의 시는 아름다워요. 정말로, 제가 이 시에 대한 보답으로 입맞춤을 해도 잃을 게 없겠어요."

그녀가 눈빛으로 그를 유혹하자, 그는 허리를 굽히고 자신의 얼굴을 그녀의 얼굴에 바짝 대고 갓 피어난 싱그러운 무화과와 같은 그녀의 입술에 자신의 입술을 겹쳤다. 카말라는 한참 동안 그에게 입맞춤했고, 싯다르타는 그녀가 입맞춤을 어떻게 가르치는지, 그녀가 얼마나 지혜로운지, 그녀가 그를 어떻게 사로잡고 거부하고 유혹하는지, 첫 번째 입맞춤 후에 이어진 길고 질서정연하고 노련한 입맞춤이 어떠한지, 입맞춤에서 입맞춤으로 이어질 때마다 얼마나 더 많은 것을 기대하게 하는지 느끼고 감탄했다. 그는 심호흡을 하고 가만히 서 있었다. 이 순간 그는 마치 아이처럼 자신의 앞에 펼쳐진 풍성한 지식과 배움의 가치에 감탄했다.

"당신의 시는 정말 아름다워요." 카말라가 외쳤다. "제가 부자라면 보답으로 금덩어리를 선물하겠어요. 하지만 시를 지어도 당신이 필요한 것을 살 수 있을 만큼 돈을 구하기는 어려울 거예요. 제 친구가 되려면 돈이 많아야 하니까요."

"카말라! 당신은 어떻게 그렇게 입맞춤을 잘할 수 있는 것입니까?" 싯다르타가 말을 더듬었다.

"그래요. 저는 벌써 그 정도로 입맞춤을 잘해요. 그래서 옷, 신발, 팔찌, 온갖 아름다운 것들이 부족하지 않죠. 하지만 당신에게서는 무엇이 나올 수 있죠? 당신은 생각하고, 단식하고, 시를 짓는 것 외에 아무것도 할 수 없지 않나요?"

"저는 제사의 노래를 지을 수 있습니다." 싯다르타가 말했다. "하지만 더 이상 이 노래를 할 수는 없습니다. 저는 주문을 외울 수 있지만, 더 이상 주문을 외우지 않을 것입니다. 그리고 또 글을 읽을 수 있습니다……."

"잠깐만요!" 카말라가 그의 말을 끊었다. "글을 읽을 수 있다고요? 쓸 줄도 알고요?"

"그렇습니다. 많은 사람이 할 수 있는 일입니다만."

"대부분의 사람은 글을 읽고 쓸 줄 몰라요. 저도 그렇고요. 당신이 글을 읽고 쓸 수 있다면 정말 다행이네요. 정말 다행이에요. 주문도 필요할 때가 있을 거예요."

이때 하녀가 와서 여주인에게 귓속말로 소식을 전했다.

"손님이 왔네요." 카말라가 외쳤다. "서둘러 나가도록 해요, 싯다르타. 당신이 여기에 있는 걸 아무도 알면 안 돼요. 명심하세요! 내일 다시 보기로 해요."

그녀는 하녀에게 이 경건한 브라만에게 하얀 겉옷을 입히라고 명령했다. 싯다르타는 자신에게 무슨 일이 일어났는지 모른 채 하녀에게 끌려 나갔고, 선물 받은 겉옷을 입고 정원을 지나 멀리 돌아가는 덤불 길로 안내받은 후, 사람들의 눈에 띄지 않게 숲에서 즉시 사라지라는 경고를 받았다.

싯다르타는 흔쾌히 지시받은 대로 했다. 숲에 익숙한 그는 소리 없이 카말라의 작은 숲에서 나와 울타리를 넘었다. 그는 흡족한 마음으로 옷을 둘둘 말아 팔에 걸치고 도시로 돌아왔다. 그는 여행자들이 찾아오는 여인숙의 문 앞에 가만히 서서 먹을 것을 구걸했고, 조용히 떡 한 조각을 받았다. 내일부터 자신은 아무에게도 먹을 것을 구걸하지 않게 될지 모른다는 생각이 들었다.

갑자기 그의 안에서 자부심이 불타올랐다. 더 이상 그는 사문이 아니었고, 더 이상 탁발에 의지할 필요가 없었다. 그는 개에게 떡을 던져 주고 아무것도 먹지 않고 가만히 있었다.

싯다르타는 생각했다. '이곳, 세상에서의 삶은 단순하구나. 어려운 일이 없어. 사문이었던 시절에는 모든 것이 어렵고 고되고 끝내 희망도 사라져 버렸지. 이제 모든 것이 쉬워. 카말라가 나에게 가르쳐 주었던 입맞춤처럼 쉬워. 나에게 필요한 건 옷과 돈이야. 그것 외에는 없어. 이건 단순하고 이루기 쉬운 목표니까 잠을 못 이룰 일도 없지.'

그는 이 도시의 어디에 카말라의 집이 있는지 미리 알아 두었고 다음 날 그곳을 찾아갔다.

그녀가 그에게 외쳤다. "일이 잘되고 있어요. 이 도시 최고의 거상 카마스바미의 저택에서 뭔가 좋은 일이 생길 것 같아요. 갈색으로 그을린 피부의 사문이여, 똑똑하게 굴어야 해요. 제가 다른 사람을 통해 당신에 대해 슬쩍 이야기해 두었어요. 그에게 잘 보여야 해요. 그는 엄청난 거물이에요. 그렇다고 너무 비굴하게 굴지는 마세요! 저는 당신이 그의 종이 되길 원치 않고 그와 동등하길 바라요. 만약 그렇지 않으면 저는 당신에게 만족하지 못할 거예요. 카마스바미는 늙고 나태해지기 시작했어요. 그의 눈에 들면 당신에게 많은 일을 맡길 거예요."

싯다르타는 그녀에게 고맙다고 말하고 웃었다. 그녀는 그가 어제도 오늘도 아무것도 먹지 않았다는 걸 눈치채고 빵과 과일을 가져와 대접했다.

헤어질 때 그녀가 말했다. "당신은 운이 좋군요. 문 하나가 열리니 다른 문이 잇달아 열리는 걸 보니 말이죠. 어떻게 그런 일이 일어나죠? 술법이라도 썼나요?"

싯다르타가 말했다. "어제 제가 당신에게 이야기했지요. 저는 생각하고, 기다리고, 단식하는 법을 터득했다고요. 당신은 이런 것들이 아무짝에도 쓸모없다고 생각하겠지만요. 하지만 카말라, 이런 것들이 많은 일에 도움이 된다는 것을 당신도 보게 될 거예요. 당신은 미련한 사문들이 숲에서 얼마나 많은 멋진 것들을 배우는지, 당신들이 할 수 없는 일을 얼마나 할 수 있는지 보게 될 거예요. 그저께까지 산발하고 동냥하러 다니던 제가 어제 카말라와 입맞춤을 했고, 머지않아 상인이 되어 돈을 벌고 당신이 소중히 여기는 모든 것들을 갖게 될 거예요."

그녀가 인정했다. "음, 그렇긴 해요. 그런데 제가 없으면 당신은 어떻게 하려고 했나요? 저, 카말라가 당신을 돕지 않겠다고 하면 당신은 어떻게 되었을까요?"

싯다르타가 그녀를 부른 뒤 고개를 들고 바라보았다. "사랑하는 카말라, 당신의 숲에 들어갔을 때 저는 이미 첫걸음을 뗐어요. 저는 아름다운 여인에게 사랑을 배우겠다고 결심했고, 결심한 그 순간부터 제가 실행에 옮기리라는 것도 알았지요. 당신이 저를 돕게 되리라는 것도 말이지요. 숲의 입구에서 처음 당신과 마주쳤을 때 눈빛에서 그걸 알 수 있었으니까요."

"사실 제가 원치 않았다면요?"

"당신은 원했어요. 잘 들어 봐요, 카말라. 당신이 물에 돌을 던지면 바로 바닥까지 떨어지지요. 이 싯다르타에게 목표가 생겼을 때, 결심이 섰을 때도 똑같습니다. 싯다르타는 아무것도 하지 않고, 기다리고, 생각하고, 단식을 하지만 어떤 것도 행하지 않고 손대지 않고 돌이 물에 떨어지듯 세상사를 대하지요. 그는 이렇게 끌려가다가 물에 빠질 수 있지요. 그의 목표는 돌 자체를 끌어당기는 것이기 때문이에요. 그는 마음속으로 이 목표에 방해가 되는 것을 그 어떤 것도 허용하지 않기 때문이에요. 이 싯다르타는 사문들에게서 이런 것을 배웠습니다. 어리석은 사람들은 이것을 술법이라 부르고, 악마를 통해 일어난다고 합니다. 하지만 어떤 일도 악마를 통해 일어날 수 없고 악마는 존재하지 않습니다. 생각을 할 수 있고, 단식을 할 수 있는 사람은 누구나 술법을 쓸 수 있고, 자신의 목표에 도달할 수 있습니다."

카말라는 싯다르타의 말을 경청했다. 그녀는 그의 목소리를 사랑했고 그의 눈빛을 사랑했다.

그녀가 작은 소리로 말했다. "친구여, 어쩌면 당신이 말한 그대로인지도 모르죠. 어쩌면 싯다르타가 멋진 남자이고 그의 눈빛이 여자들의 마음을 사로잡았기 때문에 그에게 운이 따라 주었는지도 모르죠."

싯다르타는 그녀에게 입맞춤하고 헤어졌다. "그럴 수도 있어요. 나의 스승님, 저의 눈빛이 당신의 마음에 든 덕분에 운이 찾아오는 것인지도 모르겠군요!"

어린아이 같은 사람들과

싯다르타는 상인 카마스바미를 찾아갔고, 그의 화려한 저택으로 안내를 받았다. 하인들이 값비싼 카펫들이 깔린 거실로 싯다르타를 데려갔다. 그곳에서 싯다르타는 주인이 오기를 기다렸다.

카마스바미가 들어왔다. 짙은 잿빛 머리와 탐욕스러워 보이는 입에 몹시 영리하고 신중한 눈을 한 그는 민첩하고 수완이 좋은 사내였다. 주인과 손님은 반갑게 인사를 나누었다.

상인 카마스바미가 말을 시작했다. "당신은 브라만이고 학식이 높은 분인데 상인으로 일하고 싶어 한다는 말을 들었습니다. 브라만이 일자리를 찾을 정도로 어려운 일이 있습니까?"

싯다르타가 대답했다. "아닙니다. 저는 궁핍에 시달리고 있지 않고 궁핍을 겪어 본 적도 없습니다. 제가 사문들과 오랫동안 함께 지내다 왔다는 것을 알고 계시지 않습니까?"

"당신이 사문들과 지내다 왔는데 어떻게 궁핍하지 않다고 말할 수 있겠습니까? 사문들은 철저한 무소유의 삶을 살지 않습니까?"

그러자 싯다르타가 말했다. "당신이 의미하는 소유가 그런 것이라면 저는 아무것도 가진 게 없습니다. 저는 정말 아무것도 가진 게 없습니다. 하지만 자발적으로 무소유를 택했기 때문에 저는 궁핍한 게 아닙니다."

"당신이 가진 게 없는데 무엇으로 먹고살겠다는 말입니까?"

"주인 어르신, 저는 이 문제에 대해 한 번도 고민해 보지 않았습니다. 저는 삼 년이 넘게 무소유로 살았기 때문에 무엇으로 먹고살아야 할지 한 번도 생각해 본 적이 없습니다."

"그러니까 당신은 남의 소유물로 먹고살았다는 말이군요."

"그렇다고 볼 수 있지요. 하지만 상인도 남의 소유물로 먹고살지 않습니까?"

"말씀 잘하셨습니다. 상인은 남에게 자신의 소유물을 공짜로 내어 주지 않습니다. 남에게 자신의 물건을 주면 대가를 받지요."

"실제로 그렇게 행동하는 듯합니다. 누군가는 가져가고 누군가는 주는 것, 이게 인생입니다."

"말씀해 주실 수 있겠습니까? 당신이 아무것도 가지고 있지 않다면 무엇을 주려고 합니까?"

"누구나 자신이 가진 것을 줍니다. 전사는 힘을, 상인은 상품을, 교사는 가르침을, 농부는 쌀을, 어부는 생선을 줍니다."

"맞는 말이지요. 그렇다면 지금 당신이 줄 수 있는 것은 무엇인가요? 당신이 배운 것, 당신이 할 수 있는 일은 무엇인가요?"

"저는 생각을 할 수 있고, 기다릴 수 있고, 단식을 할 수 있습니다."

"그게 전부입니까?"

"이게 전부라고 생각합니다."

"당신이 할 수 있는 일은 무엇에 도움이 됩니까? 이를테면 단식의 어떤 점이 유익합니까?"

"주인 어르신, 단식은 정말로 유익합니다. 먹을 것이 없는 사람에게 단식은 그가 할 수 있는 가장 지혜로운 일입니다. 예를 들어 싯다르타가 단식하는 법을 배우지 않았다면 오늘 그는 무슨 일이라도 해야 합니다. 당신 밑에서 일하든 무슨 일이든 간에 말입니다. 배고픔 때문에 일을 할 수밖에 없습니다. 하지만 싯다르타는 차분히 기다릴 줄 알기 때문에 조급함도 곤경도 모릅니다. 그는 오랫동안 배고픔과 함께 살아왔기 때문에 배가 고파도 웃을 수 있습니다. 어르신, 그래서 단식이 유익한 것입니다."

"사문님, 당신 말이 옳습니다. 잠시만 기다려 주시지요."

카마스바미는 밖으로 나갔다가 두루마리를 가지고 돌아왔다. 그는 두루마리를 손님에게 건네며 물었다. "이 글을 읽을 수 있습니까?"

싯다르타는 매매 계약에 관해 쓰여 있는 두루마리를 살펴보았고 내용을 읽어 내려갔다.

"대단하군요. 이 종이에 글씨를 써 볼 수 있겠습니까?" 카마스바미가 물었다. 카마스바미는 싯다르타에게 종이와 붓을 건넸고, 싯다르타는 종이에 글을 써서 돌려주었다.

카마스바미가 글을 읽었다. "'글을 쓰는 것은 좋고, 생각하는 것은 더 좋은 일이다. 총명한 것은 훌륭하고, 인내하는 것은 더 훌륭한 일이다.' 글에 대한 이해가 뛰어나군요." 카마스바미가 극찬을 했다. "앞으로 우리가 나눌 이야기가 많겠군요. 손님으로 오셨으니 오늘 방을 하나 내어 드리겠습니다, 제 집에서 편히 지내십시오."

싯다르타는 카마스바미의 호의를 감사히 받아들였다. 이제 그는 카마스바미의 저택에서 살게 되었다. 그는 옷과 신발을 건네받았고 하인이 매일 목욕물을 준비했다. 하루에 두 번 성대한 만찬을 차려 와도 싯다르타는 하루에 한 번만 식사를 했다. 그는 고기도 먹지 않고 술도 마시지 않았다. 카마스바미는 싯다르타에게 자신이 하는 장사에 대해 설명해 주었고, 물건과 창고를 보여 주었고, 셈을 하는 법을 알려 주었다. 싯다르타는 새로운 것을 많이 알게 되었다. 그는 많이 듣고 적게 말했다. 그는 카말라의 조언을 잊지 않고 상인인 카마스바미에게 비굴하게 행동하지 않았고 동등한 인간, 아니 동등한 인간 그 이상으로 대해 달라고 요구했다. 카마스바미는 주도면밀하고 때로는 열정적으로 장사를 했지만, 싯다르타는 이 모든 것을 유희라고 여겼다. 그는 이 유희의 원칙들을 정확하게 배우려고 애썼지만 내용이 마음에 와닿지는 않았다.

싯다르타는 카마스바미의 저택에서 지내고 얼마 되지 않아 주인의 장사에 관여하게 되었다. 하지만 그는 아름다운 카말라가 정해 준 시간에 멋진 옷과 좋은 신발을 신고 매일 그녀를 찾아갔고 그녀를 위한 선물도 잊지 않았다. 그녀의 붉고 영리한 입술은 그에게 많은 것을 가르쳐 주었다. 그녀의 섬세하고 매끄러운 손길은 그에게 많은 것을 가르쳐 주었다. 사랑에 대해서 그는 아직 어리숙한 소년이었고 채워지지 않는 쾌락에 맹목적으로 밑도 끝도 없이 빠져들었다. 그녀는 상대에게 쾌락을 느낄 수 있게 해 주지 않으면 쾌락을 얻을 수 없음을 철저히 가르쳐 주었다. 모든 몸짓과 어루만짐과 닿음과 눈빛을 비롯한 몸의 구석구석에 그녀만의 비밀이 있었고, 이 비밀은 알고자 하는 자의 열락을 깨웠다. 그녀는 사랑하는 사람들이 사랑의 축제를 즐긴 후, 서로에게 감탄하지 않고 승리한 것처럼 정복당하지 않고 헤어지면 안 된다고 그에게 가르쳤기 때문에 싫증이 나거나 무료하지 않았고, 이용했거나 이용당했다는 불쾌한 감정도 생기지 않았다. 그는 아름답고 영리한 예술가를 통해 말할 수 없이 아름다운 시간을 보냈고, 그녀의 제자이자 연인이자 친구가 되었다. 현재 그의 삶에서 가치와 의미는 카마스바미의 장사가 아닌, 카말라에게 있었다.

카마스바미는 중요한 서신과 계약서 작성을 싯다르타에게 맡겼고, 모든 중요한 일을 싯다르타와 상의하는 데 익숙해졌다. 그는 싯다르타가 쌀과 양모에 대해, 해상 운송과 무역에 대해 잘 모른다는 것을 금세 눈치챘지만, 싯다르타의 손은 복을 불러오는 손이었다는 사실을, 싯다르타의 평온함과 침착함, 낯선 사람들의 말을 경청하고 그들에게 스며드는 기술이 자신보다 뛰어나다는 사실을 알았다. 카마스바미는 한 친구에게 이렇게 말했다. "이 브라만은 진짜 장사꾼은 아니야. 그는 절대 장사꾼이 될 수 없고, 그의 영혼이 장사에 대한 열정으로 불타오르는 일은 없을 거야. 그런데 그에게는 자수성가하는 자들만이 지닌 비밀이 있어. 좋은 운명을 타고났든, 술법을 쓰는 사람이든, 사문들에게서 배운 것이든 간에 말이지. 그는 그저 유희로 장사를 하는 것처럼 보여. 장사는 절대 그의 마음을 온전히 차지할 수 없고, 그를 지배할 수 없어. 그는 실패를 두려워하지 않고, 손해를 걱정하지도 않아."

그러자 이 친구가 카마스바미에게 말했다. "그가 자네 대신 맡고 있는 일에서 이윤의 삼 분의 일을 주고, 손실이 발생했을 때 삼 분의 일을 책임지게 해 봐. 그러면 더 열심히 일할 것이네."

카마스바미는 친구의 조언대로 했다. 하지만 싯다르타는 그런 것들에 별로 신경 쓰지 않았다. 이윤이 생겨도 무덤덤하게 받아들였고, 손실이 발생하면 그저 웃으며 이렇게 말했다. "이를 어쩌나, 일이 잘 안 되었군요!"

실제로 싯다르타는 장사에 무관심한 듯했다. 한번은 그가 대량의 쌀을 사들이기 위해 어느 마을로 여행을 간 적이 있었다. 그런데 그가 마을에 도착했을 때 쌀은 이미 다른 상인에게 팔리고 없었다. 그런데도 그는 며칠이나 그 마을에 머무르며 농부들을 대접했고, 아이들에게 동전을 나눠 주었고, 결혼식을 함께 축하해 주었고, 이 여행에 몹시 흡족해했다. 카마스바미는 바로 돌아오지 않고 시간만 낭비했다며 싯다르타를 꾸짖었다. 그러자 싯다르타가 이렇게 말했다. "사랑하는 친구여, 저를 꾸짖지 마십시오. 제가 꾸짖음을 받을 만한 일은 아직 생기지 않았습니다. 손실이 발생하면 제가 책임을 지겠습니다. 저는 이 여행에 몹시 만족합니다. 저는 많은 사람을 알게 되었고, 어느 브라만은 제 친구가 되었고, 아이들은 제 무릎 위에 올라탔고, 농부들은 저에게 논밭을 보여 주었습니다. 아무도 저를 장사치로 보지 않았습니다."

카마스바미는 언짢아하며 이렇게 외쳤다. "이 모든 것은 정말 아름다운 일이오. 그런데 지금 당신은 상인이요. 이게 내가 하고 싶은 말이요! 당신은 오로지 자신의 즐거움만을 위해 이 여행을 떠났소?"

그러자 싯다르타가 웃으면서 말했다. "물론입니다. 즐기기 위해 이 여행을 한 것이 맞습니다. 그렇지 않으면 제가 왜 거기까지 갔겠습니까? 저는 사람과 그 지역을 알게 되었고, 친절함과 신뢰받는 즐거움을 누렸고, 우정을 찾았습니다. 사랑하는 친구여, 들어 보십시오. 카마스바미, 당신이 저와 똑같은 입장이었더라면, 쌀을 살 수 없다는 사실을 알자마자 머리끝까지 화가 나서 서둘러 고향으로 돌아왔을 것이고 시간과 돈을 낭비했다고 생각했을 것입니다. 하지만 저는 그곳에서 좋은 시간을 보냈고, 배웠고, 기쁨을 누렸기 때문에 나에 대해서도 다른 어떤 것에 대해서도 화가 나지 않았고, 더군다나 서둘러 일 처리를 하지 못해 손해를 본 것도 없습니다. 나중에 제가 다음 수확물을 사들이거나 다른 목적으로 다시 그 지역을 방문하게 될 수도 있습니다. 그러면 친절한 그들이 다정하고 밝게 저를 맞아 줄 것이고, 성급하게 조급함과 불쾌감을 먼저 표현하지 않았던 저 자신을 칭찬하게 될 것입니다. 그러니 친구여, 제게 호의를 베푸셔서 꾸짖지 말아 주십시오! '이 싯다르타라는 자가 나에게 손해를 끼치는구나'라고 생각하는 날이 오면 말해 주십시오. 그럼 저의 길을 가겠습니다. 그때까지 부디 서로에게 만족하며 지내길 바랄 뿐입니다."

상인 카마스바미는 싯다르타에게 자신이 주는 빵을 얻어먹고 있다는 사실을 납득시키려고 했으나 끝내 실패했다. 싯다르타는 자신의 빵만 먹었고, 한술 더 떠서 두 사람은 다른 사람들의 빵을, 모든 사람의 빵을 먹고 있었다. 싯다르타는 단 한 번도 카마스바미의 고민을 들어 주지 않았고, 카마스바미는 이런저런 걱정으로 혼자서 끙끙 앓았다. 한참 진행 중인 사업이 망할 위기에 처했기 때문이었다. 배에 실은 물건이 사라졌는데 채무자가 손해 배상을 할 수 없는 상황이었던 모양이었다. 하지만 카마스바미는 싯다르타가 자신의 아랫사람인데도 근심하거나 분노하고, 인상을 쓰고, 밤잠을 설쳐야 하는 게 아니냐고 말할 수 없었다. 일전에 카마스바미가 싯다르타를 질책했을 때 싯다르타는 자신이 알고 있는 모든 것은 그에게서 배운 것이라며 이렇게 말했다. "그런 농담으로 저를 조롱하지 마십시오! 저는 생선이 가득 담긴 바구니 하나가 얼마인지, 빌려준 돈에 대해 이자를 얼마나 요구할 수 있는지 당신한테 배웠습니다. 이것은 당신의 지식입니다. 하지만 귀하신 카마스바미님, 생각하는 법은 당신한테 배우지 않았습니다. 생각하는 법은 오히려 당신이 제게 배우셔야 할 것입니다."

사실 싯다르타의 마음은 장사에 있지 않았다. 장사는 카말라에게 돈을 넉넉히 가져다줄 수 있을 만큼 잘 되었고, 그는 그녀가 필요한 것보다 더 많이 가져다주었다. 그 외에 싯다르타의 관심과 호기심은 사람들에게만 있었고, 이런 사람들의 장사, 기술, 걱정, 여흥, 어리석음은 예전의 그에게는 달처럼 낯설고 멀리에 있다고 여겨졌던 것들이었다. 모든 사람과 말을 하고, 모든 사람과 어우러져 살고, 모든 사람에게서 배우는 것이 이제 그에게도 쉬운 일이 되었지만, 여전히 그들과 그의 사이에 선을 긋고 있는 무언가가 있었다. 그것은 자신이 사문이라는 사실이었다. 그는 아이나 짐승처럼 마음 편히 살아가는 사람들을 보았고, 이들을 사랑하면서도 경멸했다. 그는 이들이 고생하는 모습을 보았고, 재물, 하찮은 쾌락, 하찮은 명예처럼 자신이 무가치하게 여기는 것들 때문에 괴로워하고 머리가 희끗희끗하게 세는 모습을 보았으며 서로 비방하고 모욕하는 모습을 보았다. 그는 이들이 고통으로 탄식하고, 사문의 고통을 비웃고, 사문은 느끼지 못하는 결핍에 시달리는 모습을 보았다.

그는 이런 사람들이 무엇을 가져오든 마다하지 않고 받아주었다. 그는 아마포를 사러 온 상인들을 환영했고, 빚을 낼 곳을 찾는 채무자들을 환영했고, 자신이 가난해지게 된 사연을 몇 시간이고 늘어놓고, 사문들이 겪는 가난에 비하면 별것도 아닌 가난을 겪는 거지들을 환영했다. 그는 부유한 외국 상인들이나, 자신에게 면도를 해 주는 하인이나, 바나나를 팔 때 거스름돈을 속이는 노점상들이나 모두 동등하게 대했다. 카마스바미가 걱정거리 때문에 하소연하거나 장사 때문에 자신을 질책하려고 왔을 때, 싯다르타는 호기심을 보이며 유쾌하게 카마스바미의 말을 경청했고, 그에 대해 놀랐고, 그를 이해하려고 했고, 그가 필요한 존재인 것처럼 보이도록 어느 정도는 옳다고 인정해 주면서도, 그에게서 돌아서서 자신을 원하는 다른 사람들에게로 갔다. 많은 사람이 그에게 다가왔고, 그와 거래하려 했고, 그에게 사기를 치려고 했고, 그에게서 무언가를 캐내려고 했고, 그에게 동정심을 불러일으키려고 했고, 그에게서 조언을 들으려고 했다. 그는 그들에게 조언해 주었고, 그들을 동정했고, 그들에게 선물을 주었고, 약간은 속아 주었다. 한때 신들과 브라만에게 그러했듯이 이제 그의 생각은 이 모든 유희와 이를 즐기는 모든 사람의 열정에 쏠려 있었다.

때때로 그는 가슴속 깊은 곳에서 죽어 가고 있는 작은 음성을 느꼈다. 이 음성은 들릴 듯 말 듯 작은 소리로 그에게 경고와 한탄을 하고 있었다. 한 시간 만에 그는 자신이 기이한 삶을 살고 있음을, 자신이 그저 유희에 불과했던 일들을 하고 있음을, 자신이 아주 유쾌하게 때때로 기쁨을 느끼고 있음을, 그런 상황에서도 원래 그의 삶은 그의 곁을 흘러 지나갔고 그에게 아무런 감동을 주지 못하고 있음을 깨달았다. 공놀이를 하는 사람이 공을 가지고 놀 듯이, 그는 장사와 유희를 했고, 주변 사람들과의 유희를 즐겼고, 그들을 구경했고, 그들에게서 재미를 찾았지만, 그의 마음과 본질의 샘에 이러한 유희는 존재하지 않았다. 이 샘은 그에게서 저 멀리 어디론가 흘러갔고, 흐르고 흐르다가 보이지 않게 되었고, 더 이상 그의 삶과 관련이 없게 되었다. 몇 번이나 이런 생각이 들자 그는 소스라치게 놀랐다. 그는 구경꾼처럼 옆에 서 있는 게 아니라 어린아이처럼 모든 일에 열정과 진심을 쏟아붓고, 진정으로 살고, 진정으로 행하고, 진정으로 즐기던 날들이 다시 오길 바랐다.

하지만 언제나 그는 아름다운 카말라에게로 돌아갔고, 사랑의 기술을 배웠고, 다른 어떤 곳에서보다 더 많이 주고받는 쾌락을 숭배하며 그녀와 시시덕거렸고, 그녀에게 배웠고, 그녀에게 조언을 해 주었고, 조언을 받았다. 한때 누구보다 자신을 가장 많이 이해해 주었던 고빈다보다 그녀는 자신을 더 많이 이해해 주었고 그 자신과 더 많이 닮았다.

언젠가 그가 그녀에게 이런 말을 한 적이 있었다. "당신은 나와 같은 부류의 사람이고, 당신은 대부분의 사람들과 달라요. 당신은 카말라이고, 그뿐이에요. 당신의 내면에는 고요와 안식이 있고, 당신은 언제나 그 안에 들어가 편히 머무를 수 있지요. 마치 내가 그럴 수 있듯이 말입니다. 모든 사람이 그걸 가질 수 있지만, 그걸 가지고 있는 사람은 많지 않아요."

"모든 사람이 총명한 건 아니에요." 카말라가 말했다.

싯다르타가 말했다. "그렇지 않아요. 중요한 건 그게 아닙니다. 카마스바미는 저만큼이나 총명하지만 그의 내면에는 안식이 없습니다. 그런데 뭔가 다른 사람들은 어린아이들처럼 이해합니다. 카말라, 대부분의 사람들은 공중에서 떨어지는 나뭇잎 같아요. 나뭇잎은 공중에서 불고 돌다가 흔들리고 비틀거리다가 땅에 떨어집니다. 하지만 뭔가 다른 사람들은 많지 않고, 일정한 경로를 움직이는 별과 같아서 바람도 그들에게 닿을 수 없고 자신만의 법칙과 경로를 갖고 있습니다.

제가 알고 있는 많은 학식 있는 자들과 사문들 중에서도 이러한 부류의 사람, 완벽한 사람은 단 한 분이었습니다. 저는 결코 그를 잊지 못할 것입니다. 그러한 가르침을 선포한 분은 불세존, 고귀한 자 가우타마입니다. 수천 명의 젊은이가 매일 그의 가르침을 듣지요. 그들은 규율에 따라 매시간 가르침을 받지만, 이 모든 것은 떨어지는 나뭇잎 같고, 그 자체에 가르침과 법칙은 없습니다."

카말라가 웃으며 그를 바라보며 말했다. "다시 그에 대해 이야기하기 시작했군요. 당신은 다시 사문처럼 생각하고 있군요."

싯다르타는 침묵했고, 두 사람은 카말라가 알고 있었던 서른 혹은 마흔 가지의 다양한 사랑의 유희를 나누었다. 그녀의 몸은 재규어의 몸처럼, 사냥꾼의 활처럼 유연하게 휘어졌다. 그녀에게 사랑을 배웠던 그는 숱하게 많은 쾌락과 숱하게 많은 비밀을 알고 있었다. 그녀는 싯다르타와 길게 유희를 즐겼고, 그를 유혹했고, 그를 거부했고, 그에게 강요했고, 그를 끌어안았다. 그가 정복당하고 지쳐서 그녀 옆에서 쉴 때까지 완벽하게 사랑을 나누는 그의 노련미에 기뻐했다.

카말라는 그의 위로 몸을 구부린 채 한참 동안 그의 얼굴과 피곤한 기색이 짙어지는 눈빛을 바라보았다.

그녀는 생각에 잠겨 있다가 말했다. "당신은 제가 만나 사랑을 나눈 남자들 중 최고예요. 당신은 다른 누구보다 강하고, 휘어지기 쉽고, 순순히 응하죠. 싯다르타, 당신은 제 기술을 잘 배웠어요. 언젠가 나이가 들면 저는 당신의 아이를 갖고 싶어요. 사랑하는 싯다르타, 그래도 당신은 여전히 사문으로 남을 것이고, 저를 사랑하지 않을 것이고, 당신은 어떤 사람도 사랑하지 않을 거예요. 그렇지 않나요?"

싯다르타가 피곤함에 지쳐 말했다. "그럴지도 모르지요. 나는 당신과 똑같은 부류의 사람이니까요. 당신도 나를 사랑하지 않는 건 마찬가지입니다. 그렇지 않다면 어떻게 기술로 사랑을 나눌 수 있겠습니까? 우리 같은 부류의 사람들은 어쩌면 사랑을 할 수 없을지도 모릅니다. 어린아이 같은 사람들만이 그걸 할 수 있지요. 그것이 그들만의 비밀이고요."

윤회

싯다르타는 오랜 세월을 세상과 쾌락을 즐기며 살았지만 그 안으로 완전히 들어갔던 적은 없었다. 열정적이었던 사문 시절에 억눌러 놓았던 그의 감각은 다시 깨어났으며, 그는 부를 맛보았고, 육욕을 맛보았고, 권력을 맛보았다. 그런데도 오랫동안 그는 마음속으로는 사문이었다. 영리한 여자 카말라는 이런 그의 마음을 정확하게 꿰뚫어 보고 있었다. 그의 삶을 인도해 왔던, 생각하고 기다리고 단식하는 기술은 아직 살아 있었다. 그렇기에 그가 속세의 사람들, 어린아이 같은 사람들에게 낯선 존재였듯 그들도 그에게 여전히 낯선 존재였다.

세월이 흘렀지만 싯다르타는 안락함에 젖어 들어 세월의 흐름을 거의 느끼지 못했다. 그는 부자가 되었고, 이미 오래전에 자신의 저택을 소유하고, 하인을 거느리고, 도시 앞 강가의 정원도 갖게 되었다. 사람들은 그를 좋아했고, 돈이나 조언이 필요할 때 그를 찾아왔지만 카말라 외에 그가 가깝게 지내는 사람은 없었다. 소년 시절 한때 절정을 체험했던 선명하고 맑게 깨어 있던 정신, 가우타마의 설법을 들은 후, 고빈다와 헤어진 후, 간절한 바람과 어떤 가르침도 어떤 스승도 없이 당당히 해낸 홀로서기, 자신의 마음속으로 신들의 음성을 듣겠다는 거침없는 각오는 서서히 기억 속으로 사라져 가고 덧없는 일이 되었다. 성스러운 샘물, 한때 가까이에 있었던, 한때 그의 내면에서 졸졸 흐르던 샘물은 이제 멀리서 조용하게 소리를 내며 흘렀다. 그가 사문들에게 배웠던 것, 가우타마에게 배웠던 것, 브라만인 아버지에게 배웠던 것, 그 많은 것이 오랫동안 그의 내면에 머물러 있었다. 절제하는 삶, 사유의 즐거움, 삼매 수행 시간, 자기 자신, 육체가 아직 의식하지 못하는 영원한 자아에 대한 비밀스러운 앎 등등. 그 중 많은 것은 여전히 그의 내면에 머물러 있었지만, 하나씩 가라앉아 먼지로 덮여 있었다. 도공의 물레가 한번 움직이면 오랫동안 돌다가 서서히 지쳐 이리저리 흔들리듯이 싯다르타의 영혼에서 고행의 바퀴, 생각의 바퀴, 안목眼目의 바퀴는 오랫동안 흔들려 왔고 여전히 흔들리고 있었지만 천천히 멈칫하며 흔들리다가 거의 정지 상태에 이르렀다. 말라 죽어 가는 나무의 그루터기에 물기가 스며들어 그루터기를 서서히 채워 가며 썩게 하듯이, 속세와 나태함이 싯다르타의 영혼에 스며

들어 서서히 그의 영혼을 채워 갔고, 힘들게 했고, 지치게 했고, 잠들게 했다. 대신 싯다르타의 감각은 살아났고, 많은 것을 배웠고, 많은 것을 체험했다.

싯다르타는 장사를 하고, 사람들에게 권력을 쓰고, 여자들과 즐기는 법을 배웠다. 또한 그는 좋은 옷을 입고, 하인을 부리고, 좋은 향이 나는 물에서 목욕하는 법을 배웠다. 그는 부드럽고 섬세하게 조리된 음식은 물론이고 생선과 고기와 새와 향신료와 단것을 먹고, 나태와 망각으로 이끄는 포도주를 마시는 법을 배웠다. 그는 주사위와 장기將棋 놀이를 하고, 무희들을 구경하고, 가마를 타고, 부드러운 침대에서 잠을 자는 법을 배웠다. 여전히 그는 자신이 다른 사람들과 다르고 그들보다 우월하다고 느꼈고, 여전히 그의 눈빛에는 이들에 대한 조소, 조소 섞인 경멸, 사문들이 속세의 사람들에게 항상 느꼈던 경멸이 은근히 담겨 있었다. 카마스바미가 병으로 몸져누웠을 때, 그가 모욕을 당했다고 느껴 화가 났을 때, 상인으로서 일에 대한 걱정으로 괴로워할 때, 싯다르타는 조소 섞인 눈빛으로 그를 보았다. 수확기와 우기가 지나면서 자신도 깨닫지 못하는 사이에 서서히 그는 조소하는 것에도 싫증이 났고 우월감도 잠잠해졌다. 재산이 점점 불어나면서 싯다르타는 조금씩 어린아이 같은 사람들의 특성, 천진난만함과 불안함과 같은 것들을 받아들였다. 그러면서 그는 그들을 부러워했고, 자신이 그들과 비슷해져 갈수록 그들을 더 많이 부러워했다. 그는 자신에게는 없지만 그들이 가지고 있는 한 가지, 그들이 자신의 삶에서 중요한 의미를 부여하는 것, 기쁨과 불안에 대한 열정, 한없이 사랑하는 것들이 주는 불안하고도 달콤한 행복을 부러워했다. 이런 사람들은 자기 자신에게, 여자에게, 아이에게, 명예나 돈에, 계획이나 희망에 점점 빠져 갔다. 하지만 그는 이들에게서 이런 것들을 배우지 않았고, 이들의 어린아이 같은 기쁨과 어린아이 같은 어리석음도 배우지 않았다. 그런데 그는 이들에게서 자신이 그토록 경멸했던 불쾌한 행실들을 배웠다. 밤새 사람들과 어울리다가 아침이 될 때까지 누워서 뒹굴다가 몽롱하고 피곤하다고 느끼는 날이 점점 많아졌다. 카마스바미가 자신의 걱정거리를 길게 털어놓을 때면 지루하고 화가 나서 견딜 수 없었다. 주사위 놀이에서 졌을 때 지나치게 크게 웃는 일도 있었다. 여전히 그의 얼굴에서는 다른 사람들보다 총명하고 지적인 분위기가 풍겼지만, 그가 웃는 일은 드물었고, 점점 다른 모습, 부유한 사람들의 얼굴에서 흔히 보이는 그런 모습으로 변해 갔다. 그의 표정에는 불만족과 병약함과 언짢음과 나태함과 무정함이 담겨 있었다. 부자병이 서서히 그의 영혼을 덮치고 있었다.

싯다르타는 베일처럼, 옅은 안개와 같은 권태 속으로 날마다 서서히 점점 더 짙게, 달마다 점점 더 흐릿하게, 해마다 점점 더 심하게 가라앉고 있었다. 시간이 지나면 새 옷이 낡고, 빛이 바래고, 얼룩이 생기고, 주름이 생기고, 옷 가장자리가 닳고, 곳곳이 해지고 올이 풀리기 시작하듯이 고빈다와 헤어진 후 새롭게 출발한 싯다르타의 삶도 낡아 갔고, 세월이 흐를수록 빛과 색을 잃었고, 주름과 얼룩이 늘어 갔고, 숨겨져 있다가 곳곳에서 추악한 모습을 드러냈고, 환멸과 혐오를 기다리고 있었다. 그는 이것이 한때 그의 내면에서 깨어나 그를 빛나게 해 주었던 내면의 밝고 안정감 있는 음성이었고, 이제 그 음성이 멈췄음을 깨달았을 뿐이었다.

세상이 그를 사로잡았고, 쾌락, 욕망, 나태, 마지막에는 그가 가장 어리석다고 여겼고 가장 경멸하고 조소했던 악덕과 탐욕까지 그를 옭아맸다. 재산과 소유와 부마저도 결국 그를 옭아맸다. 이제 그에게는 유희도, 데리고 놀 장난감도 없었고 모든 것은 족쇄와 짐이 되어 버렸다. 싯다르타는 기이하고 도리에서 벗어난 길을 헤매며 주사위 내기를 하다가 이런 생활의 막바지에 접어들어 결국엔 가장 비열한 짓에 중독되었다. 싯다르타가 사문 생활을 접기로 마음먹은 이후 처음으로 돈과 값진 물건을 걸고 내기를, 평소에 자신이 어린아이 같은 사람들의 행실이라며 비웃고 태만하다 여겼던 그런 짓을 분노와 열정을 점점 불태우며 하기 시작했던 것이다. 싯다르타는 두려운 상대였기 때문에 그와 내기를 하려는 사람이 많지 않았고, 그래서 그는 과감하게 거액의 판돈을 걸었다. 그는 궁핍한 마음을 채우기 위해 내기를 했고, 내기에서 지고 경멸스러운 돈을 날리면 분노에 찬 기쁨을 느꼈다. 다른 어떤 방법으로도 부와 상인들의 우상에 대한 경멸을 더 노골적이고 모욕적으로 나타낼 길이 없었다. 그는 이렇게 지나치게 무방비 상태로 자신을 증오하고 경멸하며 내기를 했고, 큰돈을 싹 쓸어 갔다가 큰돈을 잃었고, 내기에 져서 돈을 잃었고, 귀금속을 잃었고, 별장을 잃었다가 다시 돈을 따고 잃기를 되풀이했다. 그는 주사위를 던질 때의 불안함, 지독하고 짓눌리는 듯한 불안함, 거액의 판돈을 걸 때의 초조함, 그러한 불안함을 좋아했고, 끊임없이 새로운 것을 찾고, 판돈을 올리고, 더 자극적인 것을 찾았다. 이러한 감정 안에서만 그는 행복감 같은 것, 황홀감 같은 것, 배부르고 미지근하고 무미건조한 삶 가운데 무언가 고양된 삶을 느낄 수 있었기 때문이었다.

큰돈을 잃을 때마다 그는 돈을 벌 수 있는 새로운 방법을 궁리했고, 더 열심히 장사를 했고, 채무자들에게는 더 심하게 빚 독촉을 했다. 그래야만 계속 도박을 하고, 계속 재산을 탕진하고, 자신이 부를 경멸한다는 걸 보여 줄 수 있었기 때문이었다. 이제 싯다르타는 내기에서 지면 평정심을 잃었고, 돈을 늦게 갚는 사람들에 대해 인내심을 잃었고, 거지를 불쌍히 여기는 선한 마음도 잃었고, 반드시 필요한 사람에게 베풀고 돈을 빌려주는 즐거움도 잃었다. 그는 내기 한 번으로 엄청난 돈을 잃어도 웃었지만, 장사를 할 때는 더 엄격하고 옹졸해졌고, 가끔은 밤에 자다가도 돈에 대한 꿈을 꾸었다! 그러다가 때로는 이 추악한 마법에서 깨어날 때면 때로는 침실 벽에 있는 거울을 통해 늙고 추해진 자신의 모습을 보았고, 때로는 수치심과 역겨움에 사로잡혀서 계속 도망쳤다. 새로운 내기로 도망치고, 쾌락과 포도주에 취하는 행위로 도망쳤다가 다시 돈을 모으고 벌겠다는 충동으로 돌아갔다. 이런 무의미한 일들이 도돌이표처럼 반복되는 삶을 살면서 그는 지쳐 갔고, 나이 들었고, 병들었다.

언젠가 싯다르타는 이런 자신에게 경고하는 꿈을 꾸었다. 그는 쾌락의 정원에서 카말라와 저녁 시간을 보내고 있었다. 두 사람은 나무 아래에 앉아 있었는데, 카말라가 의미심장한 말을 꺼냈다. 그런데 이 말에는 슬픔과 지친 기색이 숨겨져 있었다. 그녀는 싯다르타에게 가우타마의 눈빛이 얼마나 순수한지, 그의 입이 얼마나 고요하고 아름다운지, 그의 웃음이 얼마나 선한지, 그의 걸음걸이가 얼마나 평화로운지, 그에 대해 이야기해 달라고 했지만 많이 듣지 못했다. 싯다르타는 한참 동안 그녀에게 불세존, 존귀한 자 붓다에 대해 이야기해 주어야 했고, 카말라는 한숨을 쉬며 이렇게 말했다. "언젠가, 어쩌면 조만간 저도 이 붓다라는 사람을 따르게 되겠군요. 저는 그에게 쾌락의 정원을 바치고 그의 가르침에 귀의하게 될 거예요." 그러고 나서 그녀는 그를 유혹했고, 고통스러운 열정으로 사랑의 유희를 즐기며 그를 사로잡았고, 찔끔찔끔 눈물을 흘리며 화려하지만 덧없는 쾌락의 마지막 한 방울까지 쥐어 짜냈다. 싯다르타는 성적 쾌락이 기이하다 싶을 정도로 죽음과 가깝다는 느낌을 이토록 선명하게 느낀 적이 없었다. 그리고 그는 그녀 옆에 누웠다. 카말라의 얼굴이 그에게 가까이 있었다. 이제 사십 대가 된 싯다르타가 검은 머리 사이의 곳곳에서 희끗해진 머리카락이 보이는 것을 알게 되었듯이, 그녀의 눈에서 그녀의 입가에서 불안한 분위기를, 섬세한 선을, 잔잔한 주름을, 가을과 만년을 연상케 하는 분위기를 읽을 수 있었다. 카말라의 아름다운 얼굴에 지쳐 있음이, 즐겁고 목적이 없는 긴 여정에 지쳐 있음이, 지쳐 있음과 시들기 시작했음이, 아직 말로 내뱉지 않았지만 숨겨져 있는, 어쩌면 한 번도 알지 못했던 불안함이 엿보였다. 그것은 나이 듦에 대한 두려움, 가을에 대한 두려움, 죽어야만 한다는 것에 대한 두려움이었다. 한숨을 쉬며 싯다르타는 마음속에 가득한 불만과 불안을 감춘 채 그녀와 헤어졌다.

그러고 나서 싯다르타는 자신의 집에서 무희들과 포도주를 마시며 시간을 보냈고, 더 이상 그렇지 않음에도 자신이 다른 사람들보다 우월한 척 행동했다. 그는 포도주를 진탕 마시고 늦은 밤이 되어서야 피곤하고 흥분된 상태로 눈물을 흘리며 절망에 빠진 채 잠자리에 들었다. 그는 오래 뒤척였지만 잠을 이룰 수 없었다. 그의 마음은 더 이상 견딜 수 없는 비참함으로 가득했고, 너무나 달콤하고 단조로운 음악, 무희들의 너무나 부드러운 웃음, 그녀들의 머리카락과 가슴에서 풍기는 너무나 달콤한 향기가 미지근하고 역겨운 포도주의 맛이 스며

드는 것처럼 역겹게 느껴졌다. 다른 무엇보다 그는 자신에 대해, 향내 나는 자신의 머리카락에 대해, 입에서 나는 포도주 냄새에, 피로에 축 늘어져 있는 것에 대해, 자신의 피부에서 느껴지는 불쾌함 때문에 역겨움을 느꼈다. 심하게 과식하거나 과음했을 때 괴로워하며 토해 내면 속이 편해지듯이, 잠을 이루지 못하는 그는 이렇게 먹고 마시는 즐거움, 이러한 습관, 이러한 의미 없는 모든 삶, 자기 자신에 대한 역겨움이 산더미처럼 쌓인 상태에서 해방되길 원했다. 도시에 있는 그의 집 앞 거리에 아침 햇살이 비치고 장사를 할 준비가 될 무렵에야 정신이 들었고, 그는 자신이 깜빡 졸았다는 사실을 깨닫고 짧은 순간 반쯤 취해 몽롱한 상태에서 잠을 잘 수 있을 것 같다는 예감이 들었다. 바로 그때 그는 꿈을 꾸었다.

카말라의 황금 새장에는 작고 희귀한 명금鳴禽이 있었다. 싯다르타는 이 새에 대한 꿈을 꾸었다. 이런 꿈이었다. 평소에는 아침 시간에 지저귀던 이 새가 울지 않는 것이 그의 눈에 띄어 새장 속을 들여다보았더니, 이 작은 새가 죽어서 딱딱하게 굳어진 채 바닥에 누워 있는 것이었다. 그는 새장에서 새를 꺼내어 잠시 손에 올려 두었다가 골목으로 던져 버렸다. 바로 그 순간 그는 소스라치게 놀랐고, 이 죽은 새와 함께 자신의 소중하고 좋은 것을 전부 내던져 버린 것 같아 가슴이 저려 왔다.

이 꿈이 떠오르자 그는 깊은 슬픔에 사로잡혔다. 그는 자신의 삶을 그렇게 무가치하게 여겼고, 그렇게 무가치하고 무의미하게 살아왔던 것이다. 그의 손에는 활력 있고 값지거나 간직할 만한 것이 하나도 남아 있지 않았다. 그는 강가의 조난자처럼 홀로 서 있었다.

우울한 마음으로 싯다르타는 쾌락의 정원으로 갔다. 지금 자신이 속해 있는 그곳의 문을 닫고 망고나무 아래에 앉아서 마음으로 죽음을, 가슴으로 전율을 느꼈다. 마치 그의 안에서 죽은 것처럼, 그의 안에서 시들어 버린 것처럼, 그의 안에서 끝이 난 것처럼 느꼈다. 서서히 그는 생각들을 끌어모았고, 마음속으로 다시 한번 자신이 걸어온 삶의 길을 걸어 보았고, 자신이 기억할 수 있는 첫날들부터 떠올려 보았다. 언제 그는 행복을 맛보고, 진정한 희열을 느꼈던가? 예전에는 그런 것들을 몇 번이나 체험했다. 소년 시절 그는 브라만들의 칭찬을 받을 때 마음속으로 그런 감정을 느끼고 맛보았다. "경전을 암송하고, 학식 있는 자들과 논쟁하고, 제를 올릴 때 도움을 주는 자가 되는 데 길이 있다." 그때 그는 마음으로 느꼈다. "길은 너에게, 네가 소명을 받고 신들을 기다리는 데 있다." 그리고 다시 소년이 되어 모든 명상의 최고 경지를 훌쩍 뛰어넘어 같은 목표를 추구하는 무리들에게서 떨어져 나왔을 때, 그가 고통 가운데 브라만의 의미를 찾으려 안간힘을 썼을 때, 자신이 얻은 새로운 지식이 그의 안에 새로운 갈증을 불러 일으켰을 때, 그는 다시 고통과 갈증의 한가운데서, 고통의 한 가운데서 이와 같은 감정을 느꼈다. "더 나아가야 해! 더 나아가야 해! 너는 소명을 받은 자야!" 고향을 떠나 사문의 삶을 택했을 때, 그리고 사문의 길을 버리고 명행족, 완전자 붓다에게로 갔을 때, 그를 떠나 미지의 세계에 발을 들였을 때 그는 이 음성을 들었다. 그가 더 이상 이 음성을 듣지 못하게 된 지, 그러한 경지에 도달하지 못하게 된 지 얼마나 오래되었던가! 그의 길은 얼마나 평탄하고 단조로웠고, 얼마나 오랜 세월을 고매한 목표 없이, 갈증도 없이, 아무런 자극도 받지 않고, 하찮은 쾌락에 만족하려 해도 결코 만족감을 느끼지 못하고 살았는가! 그는 이 모든 세월을 자기 자신에 대해 알지 못하고, 그저 그런 많은 사람 중 한 사람이 되기 위해, 어린아이처럼 되기 위해 애쓰고 갈망했지만 그의 삶은 그들의 삶보다 훨씬 비참하고 가난했다. 그들의 목표는 그의 목표와 달랐고, 그들의 염려도 마찬가지였다. 카마스바미 같은 사람들이 사는 이 모든 세상은 그에게는 그저 하나의 유희, 구경하기 위한 하나의 춤, 하나의 희극에 불과했다. 유일하게 카말라만 그에게 사랑스럽고 소중한 존재였다. 그녀도 여전히 그렇게 생각할까? 그에게 그녀는 아직 필요한 존재일까? 그녀에게 아직 그가 필요한 존재일까? 이 두 사람은 영원히 유희를 즐길 수 있을까? 이것을 위해 살아야 할 필요가 있을까? 아니다, 그럴 필요는 없다! 이 유희는 윤회라 불리며, 아이들을 위한 놀이이다. 한 번, 두 번, 열 번까지는 사랑스럽게 할 수 있는 놀이인지 모르지만, 이렇게 끝도 없이 계속 반복된다면 어떻게 할까?

그때 싯다르타는 이 유희가 끝이 났다는 것을, 그는 더 이상 이 유희를 즐길 수 없음을 깨달았다. 온몸에 전율이 느껴졌고, 마음속으로 그는 자신이 죽은 것이나 다름없다고 느꼈다.

그는 종일 아버지를 생각하고, 고빈다를 생각하고, 가우타마를 생각하며 망고나무 아래에 앉아 있었다. 그는 카마스바미 같은 사람이 되기 위해 이들을 떠나야만 했던 것일까? 밤이 되어도 그는 여전히 그 자리에 앉아 있었다. 별이 반짝이는 광경을 보며 그는 생각했다. '지금 나는 쾌락의 숲에 있는 망고나무 아래에 앉아 있지.' 그는 잠시 웃었다. 망고나무를 차지하기 위해, 쾌락의 숲을 차지하기 위해 미련한 유희를 할 필요가 있었을까? 이것은 과연 옳은 일이었을까?

이렇게 그는 이 유희를 끝냈고, 이 유희도 그의 안에서 죽었다. 그는 일어났고, 망고나무에, 쾌락의 숲에 작별을 고했다. 그날 그는 아무것도 먹지 않았기 때문에 심한 허기를 느꼈다. 그러자 도시에 있는 자신의 집, 자신의 거실과 침대, 음식이 차려진 식탁이 생각났다. 피곤함에 지친 그는 웃었고, 몸을 털어 내고 이 모든 것과 이별했다.

그날 밤 싯다르타는 쾌락의 정원을, 도시를 떠나 두 번 다시 돌아오지 않았다. 싯다르타가 강도의 습격을 받았다고 생각했던 카마스바미는 그 후로도 한참 동안 그를 찾았다. 카말라는 그를 찾지 않았다. 그녀는 싯다르타가 사라졌다는 것을 알았을 때 놀라지 않았다. 그녀는 이렇게 될 것을 이미 예감하고 있었던 게 아닐까? 그는 사문도, 실향민도, 순례자도 아니었을까? 그녀는 마지막으로 그와 함께했던 밤에 결국 이렇게 되리라는 것을 강렬히 느꼈다. 그녀는 상실감이라는 고통 가운데서도, 마지막으로 그에게 진심으로 마음을 주었고, 다시 한번 그를 완전히 사로잡고 가득 채워 주었다고 느꼈기에 기뻤다.

그녀는 싯다르타가 사라졌다는 소식을 처음 들었을 때, 희귀한 명금이 갇혀 있는 황금 새장이 놓인 창가로 갔다. 그녀는 새장 문을 열고 새를 꺼내어 날려 보냈다. 그녀는 날아가는 새를 한참 바라보았다. 이날부터 그녀는 더 이상 손님을 받지 않았고 집 문을 잠갔다. 얼마 후 그녀는 싯다르타와 마지막으로 함께 사랑을 나누던 날 새로운 생명이 잉태되었음을 알게 되었다.

강가에서

싯다르타는 도시에서 멀리 떨어진 숲을 떠돌고 있었다. 그는 자신이 더 이상 돌아갈 수 없음을, 자신이 지난 수십 년 동안 삶을 어떻게 이끌어 왔고, 그런 삶은 이미 지나고 끝났으며, 역겨움을 맛볼 때까지 완전히 빨아들였고 비워 냈음을 알 수 있었다. 꿈속에서 그가 보았던 명금은 죽었다. 그 새는 그의 마음속에서 죽었다. 그는 윤회에 깊이 얽혀 있었고, 마치 해면이 온몸으로 물을 빨아들이듯이 사방에서 역겨움과 죽음을 빨아들였다. 그의 내면은 권태와 비참함과 죽음으로 가득 채워졌고, 그를 유혹하고, 그를 즐겁게 해 주고, 그를 위로해 줄 수 있는 것이 세상에는 더 이상 아무것도 존재하지 않았다.

그는 자신에 대해 더 이상 알지 못하기를, 쉼을 얻기를, 죽기를 간절히 바랐다. 벼락이라도 떨어져 맞아 죽었으면! 호랑이라도 나타나 물려 죽었으면! 포도주와 자신을 마비시킬 독약이 있고, 망각과 잠이 있고, 더 이상 깨어날 수 없다면 얼마나 좋겠는가! 그가 스스로 더럽히지 않은 더러움, 그가 저지르지 않은 죄와 어리석음, 그가 당하지 않는 영혼의 황폐함이라는 게 아직 존재할까? 아직 더 살아갈 수 있을까? 다시 한번, 다시 한번 더 호흡하고, 호흡을 내뱉고, 배고픔을 느끼고, 다시 먹고, 다시 잠을 자고, 다시 여자들 옆에 누울 수 있을까? 이렇게 돌고 도는 윤회는 지치지도 않고 끝나지도 않는 걸까?

싯다르타는 숲의 큰 강가에 이르렀다. 언젠가 그가 아직 젊었을 때 가우타마의 도시를 떠났을 때 뱃사공이 안내했던 바로 그 강이었다. 이 강에서 그는 걸음을 멈추곤 머뭇거리며 강가에 서 있었다. 피곤함과 배고픔이 몰려와 힘이 없었다. 무엇을 위해, 대체 어디로, 어떤 목표를 향해 가야 할까? 없다. 더 이상 목표가 없다. 더 이상 이 모든 황폐한 꿈을 뒤흔들고, 맛없는 포도주를 토해 내고, 이 비참하고 수치스러운 삶을 끝내겠다는 강렬하고 고통스러운 갈망 외에는 아무것도 없다.

강둑 위로 코코넛나무 한 그루가 휘어져 있었다. 싯다르타는 나무줄기에 어깨를 기대고 팔을 두른 뒤 그 아래로 흘러가는 초록빛 강물을 내려다보았다. 그의 마음은 모든 것을 놓아 버리고 강물 속으로 들어가고 싶다는 바람으로 꽉 차 있었다. 소름 끼치는 공허함이 물에 비친 그를 덮쳤다. 이것은 그의 마음속 끔찍한 공허함에 대한 답이었다. 그래, 이제 끝이다. 더 이상 그에게는 지워 버리고, 실패한 삶의 형상을 부수고, 자신의 발 앞에서 비웃고 있는 신들에게 내던져 버릴 것이 남아 있지 않았다. 그의 바람은 이 모든 것을 전부 토해 내는 것이었다. 바로 죽음, 그가 혐오했던 형태를 부숴 버리는 것이었다! 물고기들이 그를, 싯다르타라는 개를, 이런 미치광이를, 이런 부패하고 타락한 육신을, 이런 무기력해지고 악용된 영혼을 먹어 치울 수만 있다면!

그는 일그러진 표정으로 물끄러미 물을 바라보다가 물에 비친 자신의 얼굴에 침을 뱉었다. 완전히 녹초가 된 그는 나무줄기를 두르고 있던 팔을 풀고 아래로 떨어지기 위해, 영원히 침몰하기 위해 몸을 살짝 틀었다. 그는 눈을 감고 죽음을 향해 나아가며 물속으로 가라앉았다.

그 순간 그의 영혼에서 저 멀리 떨어진 영역들로부터, 지쳐 버린 삶의 과거들로부터 울림이 스치고 지나갔다. 그것은 단어, 그가 생각 없이 웅얼거리며 내뱉은 음절, 모든 브라만의 기도의 처음과 마지막을 이루는 단어, 신성한 '옴', '완전한 것' 혹은 '완성'이라는 의미를 지닌 그 단어였다. 싯다르타의 귀를 '옴'의 울림이 스치고 지나간 바로 그 순간, 잠들어 있던 정신이 갑자기 깨어났고 자신의 행동이 어리석었음을 깨달았다.

싯다르타는 소스라치게 놀랐다. 그는 그런 상태까지 이르렸던 것이다. 그는 이렇게까지 절망적이었고, 이렇게까지 길을 잃었고, 모든 앎에서 떠나 있었기 때문에 죽음을 원했고, 이런 바람, 이런 어린아이와 같은 바람이 그의 안에서 자라날 수 있었던 것이다. 그는 육신을 소멸시키며 쉼을 얻길 원했던 것이다. 옴이 그의 의식으로 밀고 들어와서 이 마지막 시간의 모든 고통, 모든 각성, 모든 절망이 무력하게 된 것이다. 그는 비참함과 방황 가운데 이것을 깨달았다.

옴! 그는 혼자 중얼거렸다. 옴! 브라만을, 삶이 파괴될 수 없음을, 그가 잊고 있었던 모든 신성한 그것을 다시 깨달았다.

물론 이것은 찰나의 순간에 불과했다. 싯다르타는 지쳐서 축 늘어진 채 코코넛나무 아래에 앉아 있었다. 그는 옴을 중얼거리면서 나무뿌리에 머리를 대고 깊은 잠에 빠져들었다.

그는 꿈도 꾸지 않을 만큼 깊은 잠에 빠져들었다. 오랫동안 그는 이렇게 깊이 자 본 적이 없었다. 몇 시간이 지나고 잠에서 깨었을 때 그는 마치 십 년이 지난 것처럼 느꼈다. 그는 속삭이듯 흐르는 물소리를 들었고, 자신이 어디에 있고 누가 자신을 이곳으로 데려다 놓았는지 알 수 없었다. 눈을 떠서 머리 위의 나무와 하늘을 경이로운 눈빛으로 바라보다가 자신이 어디에 있는지 자신이 어떻게 이곳에 왔는지 기억해 냈다. 그렇게 되기까지 오랜 시간이 필요했고, 과거는 그에게 베일로 덮여 있는 것처럼 한없이 멀리, 한없이 멀리 떨어져 있고, 한없이 무심한 듯했다. 그는 이것이 과거 자신의 삶—현재의 자아에 전생이 있었듯이, 아주 오래전에 지나간 모습을 구체화한 것임을 처음 깨달았던 순간에—이었음을, 자신이 과거의 삶을 떠났음을, 역겨움과 비참함으로 가득한 자신의 삶을 내던지려 했음을, 그러나 그가 강에서, 코코넛나무 아래에서 자기 자신에게 다가왔을 때 성스러운 단어인 옴이 입술에 맴돌았고, 잠들었다가 새사람으로 다시 깨어나 세상을 바라보고 있음을 깨달았다.

얼마나 불가사의한 잠이었던가! 그는 잠을 자고 일어나서 이렇게 개운하고 새롭고 다시 젊어진 듯한 기분을 느껴 본 적이 없었다! 혹시 그는 정말로 죽어서 물속으로 가라앉았다가 새로운 형상으로 다시 태어난 게 아니었을까? 그런데 아니었다. 그는 자신을 알고 있었다. 자신의 손과 발을 알고 있었고, 자신이 누워 있던 장소를 알고 있었고, 그의 가슴 속에 있던 자아를, 싯다르타라는 사람을, 제멋대로이고 특이한 사람을 알고 있었다. 그런데도 싯다르타는 변했다. 그는 새롭게 태어났고, 신기할 정도로 깊은 잠에 빠져들었다가 기쁨이 넘쳤고, 호기심에 가득 차 있었다.

싯다르타는 위를 쳐다보았다. 그러자 한 남자의 모습이 보였다. 낯선 남자는 노란색 법복을 입고 머리를 깎은 승려였는데 명상을 하고 있었다. 그는 이 남자를, 머리도 완전히 다 깎았고 수염도 없는 이 남자를 찬찬히 살펴보았다. 이렇게 그를 살펴본 지 오래되지 않아 그가 승려 고빈다, 유년 시절 자신의 친구, 불세존, 존귀한 자 붓다의 가르침에 귀의한 고빈다라는 걸 알아보았다. 고빈다도 나이가 들었지만 여전히 옛 모습을 간직하고 있었고, 그 모습은 열정을, 신의를, 구도를, 불안을 말하고 있었다. 싯다르타의 눈빛이 느껴진 고빈다가 눈을 뜨고 그를 쳐다보았다. 하지만 고빈다는 싯다르타를 알아보지 못했다. 고빈다는 싯다르타가 깨어난 것을 기뻐했다. 보아하니 그는 그 자리에 한참 앉아서, 자신이 알아보지 못한 옛 친구 싯다르타가 깨어나길 기다렸던 모양이었다.

"잠을 자고 있었습니다. 당신은 이곳에 어떻게 오셨습니까?" 싯다르타가 물었다.

그러자 고빈다가 대답했다. "주무시고 계셨군요. 뱀이 자주 나타나고 숲 짐승들이 지나다니는 이런 곳에서 주무시는 건 좋지 않습니다. 선생님, 저는 불세존, 존귀한 자 가우타마, 붓다, 석가모니의 제자입니다. 제자들의 무리와 함께 이 길을 순례하다가 당신이 잠을 자기에는 위험한 곳에 누워서 자고 있는 모습을 보게 되었습니다. 선생님, 그래서 저는 당신이 아주 깊이 잠들었다고 생각했고 무리를 먼저 보내고 당신 곁을 지키고 있었던 것입니다. 당신이 잠든 모습을 지켜보다가 제가 깜빡 잠이 들었지 뭡니까. 제가 해야 할 일도 제대로 못 하고 피로도 이기지 못했군요. 당신이 깨어났으니 이제 저는 가던 길을 가겠습니다. 제 형제들을 얼른 따라가야 하니까요."

"사문님, 제가 안전하게 잘 수 있도록 잠자리를 지켜 주셔서 감사합니다. 불세존, 존귀한 그분의 제자라는 당신은 정말로 친절하시군요. 이제 가던 길을 가십시오."

"선생님, 그럼 저는 이만 가 보겠습니다. 건강하십시오."

"감사합니다. 사문님."

고빈다가 몸짓으로 인사하며 이렇게 말했다. "안녕히 가십시오!"

"잘 가게, 고빈다." 싯다르타가 말했다.

그러자 고빈다가 멈춰 섰다.

"실례지만, 선생님이 어떻게 제 이름을 아십니까?"

그때 싯다르타가 웃었다.

"고빈다, 아버지의 오두막에서, 브라만들의 학교에서, 제사를 지낼 때, 사문이 되기 위해 함께 길을 떠날 때, 자네가 기원정사에서 불세존, 존귀한 그분에게 귀의하기로 했던 시간들까지 자네에 대해 알고 있네."

"자네, 싯다르타구먼!" 고빈다가 큰소리로 외쳤다. "이제야 자네를 알아보겠어. 내가 어떻게 자네를 못 알아봤는지 모르겠네. 환영하네, 싯다르타. 자네를 다시 만나게 되어 정말 기쁘네."

"나도 자네를 다시 만나게 되어 기쁘네. 내가 잠을 잘 때 자네가 지켜 주었군. 잠자리를 지켜 줄 파수꾼이 필요하지는 않네만, 아무튼 다시 한번 고맙네. 그런데 친구, 어디로 가려고 했던 건가?"

"나는 어디로도 가지 않아. 우리 승려들은 우기가 아니면 항상 길 위에 있고, 이곳저곳으로 옮겨 다니지. 규율에 따라 살고, 가르침을 전하고, 탁발을 하고 계속 옮겨 다니지. 항상 그렇게 산다네. 그런데 싯다르타, 자네는 어디를 가던 길이었나?"

싯다르타가 대답했다. "친구, 나도 자네와 같아. 나는 어디로도 가지 않네. 나는 그저 길을 지나고 있었을 뿐이야. 나도 순례를 하고 있네."

그러자 고빈다가 말했다. "자네는 순례를 하고 있다고 말했지. 물론 나는 자네를 믿지만 싯다르타, 자네는 순례하는 사람처럼 보이지 않네. 자네는 부자들의 옷을 입고 있고, 신분이 높은 사람들의 신발을 신고 있군. 순례자들이나 사문들의 머리에서는 자네처럼 좋은 향기가 나지 않아."

"사랑하는 친구. 정말 잘 보았네. 자네 눈은 정말 예리해. 그런데 자네한테 내가 사문이라고 말한 적은 없네. 순례하고 있다고만 했지. 아무튼, 나는 순례를 하고 있네."

이어 고빈다가 말했다. "순례하고 있군. 그런데 그런 옷을 입고, 그런 신발을 신고, 그런 머리를 하고 순례를 하는 사람은 많지 않지. 내가 수십 년 동안 순례를 해 왔지만 그런 차림새의 순례자를 만난 적은 단 한 번도 없네."

"나의 친구 고빈다, 나는 자네 말을 믿네. 그렇다면 오늘 자네는 그런 신발과 그런 옷을 입은 그런 순례자를 만난 게지. 사랑하는 친구, 기억을 떠올려 보게. 형상화의 세계는 덧없고,

우리의 법복은 가장 덧없고, 우리의 머리 모양, 우리의 머리와 육체 그 자체는 덧없는 것이지. 나는 부자들의 옷을 입고 있지. 자네가 정확하게 봤어. 나는 그런 옷들을 입네. 왜냐하면 나는 부자였으니까. 그리고 속세의 사람들과 탕아들이 하는 머리를 하지. 왜냐하면 내가 그런 사람들 중 한 사람이었으니까."

"싯다르타, 그러면 지금은? 지금 자네는 어떤 사람인가?"

"나도 모르겠네. 나도 자네만큼이나 나에 대해 모르네. 나는 길을 가는 중이야. 나는 부자였지만 지금은 아니야. 내일 내가 어떻게 될지 나도 모르네."

"재산을 다 잃은 겐가?"

"나는 재산을 잃었지. 아니 나를 잃었지. 재산이 나를 가져가 버렸지. 고빈다, 형상화의 수레바퀴는 빨리 돌아가네. 브라만 싯다르타는 어디에 있을까? 사문 싯다르타는 어디에 있을까? 부자 싯다르타는 어디에 있을까? 덧없는 것은 빨리 변하기 마련이네. 고빈다, 자네도 그걸 알고 있네."

고빈다는 유년 시절의 친구를 지긋이 바라보았다. 의심의 눈초리로. 그리고 그는 싯다르타에게 신분이 높은 사람들에게 하듯이 인사했고 자신의 길을 갔다.

싯다르타는 웃는 얼굴로 그를 보았다. 싯다르타는 여전히 그를, 경건한 이 친구를, 불안해하는 이 친구를 사랑했다. 옴으로 가득 채워져 있는 이 순간, 불가사의한 잠에서 깨어난

이 찬란한 시간에 누군가를, 무언가를 어떻게 사랑하지 않을 수 있을까! 그의 내면에 마법이 있었고, 이 마법은 잠을 자는 동안 옴을 통해 채워져 모든 것을 사랑하고, 자신이 보는 모든 것을 기쁨이 충만한 사랑으로 맞이하게 되었다. 이 순간, 이제는 이런 것들이 정말로 그렇게 보였다. 이전의 그는 아무것도, 아무도 사랑할 수 없을 만큼 심하게 병들어 있었다.

싯다르타는 웃는 얼굴로 멀리 사라져 가는 승려를 지켜보았다. 이 잠은 그를 아주 강하게 만들어 주었지만 배고픔은 괴로웠다. 이틀째 아무것도 먹지 않았기 때문이다. 끄떡없이 배고픔에 버틸 수 있었던 것은 이미 오래전 일이었다. 근심하면서도 웃으며 그는 그 시절을 생각했다. 당시 그는 카말라에게 세 가지를 자랑했던 기억이 났다. 그는 자신이 고귀하고 극복하기 어려운 세 가지, 단식, 기다림, 생각을 할 줄 안다고 말했었다. 이것은 그가 가진 전부였고, 그의 권력이자 힘이었고, 든든한 버팀목이었다. 부지런하고 고된 나날들을 보내던 유년 시절에 그는 오로지 이 세 가지 기술만 익혔다. 이제 이 기술은 그에게서 사라졌다. 그중 하나도, 단식도, 기다림도, 생각도 남아 있지 않다. 그는 가장 비참한 것에, 가장 덧없는 것에, 관능적 쾌락에, 안락한 삶에, 부에 탐닉했다! 실제로 그에게 기이한 일이 일어났다. 이제 그는 정말로 어린아이 같은 인간이 되어 버린 것 같았다.

싯다르타는 자신의 상태를 곰곰이 되짚어 보았다. 이제 그는 생각을 하는 것이 어려웠다. 생각하고 싶은 마음도 없었지만 억지로 생각을 해 보려 했다.

이제 그는 이 모든 덧없는 일들에서 벗어났다. 그렇기 때문에 지금 자신은 어릴 적 그랬던 것처럼 다시 햇빛 아래 서 있는 것이라고, 아무것도 자신의 것이 아니고, 자신은 아무것도 할 수 없고, 아무것도 이룰 수 없고, 아무것도 배우지 않았다고 생각했다. 이 얼마나 기이한 일인가! 더 이상 젊지 않고, 머리는 반쯤 희끗희끗해지고, 기력이 떨어진 지금, 자신은 처음부터 어린아이가 되어 다시 시작하는 거다! 다시 그는 웃어야 했다. 그렇다. 그의 운명은 기이했다. 그는 내리막길을 향해 가고 있었다. 이제 그는 이 세상에서 다시 빈털터리와 벌거숭이가 되어 바보처럼 서 있었다. 하지만 그는 이런 것들이 걱정거리로 느껴지지 않았다. 그렇지 않았다. 그는 오히려 웃을 수 있는, 자기 자신에 대해 웃을 수 있는, 이처럼 기이하고 어리석은 세상에 대해 웃을 수 있는 것이 큰 자극이라고 느꼈다.

"너는 내리막길을 향해 가는 거야!" 그는 혼잣말을 하며 웃었다. 그가 말했던 것처럼 그의 시선은 강을 향했다. 그는 강물이 아래로 흐르는 것을, 항상 아래로 흐르는 것을, 항상 노래하고 즐거워하는 것을 보았다. 그는 이런 것들이 좋았고, 강을 바라보며 다정하게 웃었다. 이곳이 언젠가 수백 년 전, 자신이 빠져 죽으려 했던 그 강이었을까? 아니면 그는 이런 꿈을 꾼 것일까?

'실제로 내 삶은 기이했지.' 그는 이렇게 생각했다. '그리고 기이하게 먼 길을 돌아왔구나. 소년 시절의 나는 신들과 제사를 올리는 일에만 몰두했었지. 청년 시절의 내가 오로지 고행, 사유, 삼매에 온 정신을 쏟아부었을 때 브라만을 구했고, 아트만의 영원함을 경외했지. 하지만 혈기 왕성한 남자가 되었을 때 나는 참회자의 길을 걸었고, 숲에서 살았고, 더위와 추위를 견디며 수행을 했고, 굶는 것을 배웠고, 내 육신을 죽이는 훈련을 했지. 그런데 놀랍게도 위대한 붓다의 가르침에서 나는 깨달음을 얻었고, 세계의 합일에 대한 앎이 마치 내 몸 안의 피처럼 순환한다고 느꼈지. 하지만 붓다로 인해, 위대한 앎으로 인해 나는 다시 앞으로 나아가야 했어. 나는 다시 떠났고, 카말라에게서 사랑이 주는 쾌락을 배웠고, 카마스바미에게서 장사하는 법을, 돈을 모으는 법을, 돈을 탕진하는 법을 배웠고, 내 뱃속을 즐겁게 하는 법을 배웠고, 내 감각을 자극하는 법을 배웠지. 나는 이 수십 년의 시간 동안 영혼을 잃어버리고, 생각하는 법을 잊고, 합일이 무엇인지 잊고 말았어. 나는 이렇게 천천히 먼 길을 돌아 남자에서 아이가 되고, 생각하는 자에서 어린아이 같은 인간이 된 것은 아닐까? 물론 이 길은 정말 훌륭했고, 내 가슴속의 새도 죽지 않았어. 하지만 이런 길이 무슨 소용이 있겠는가! 나는 다시 어린아이가 되고 새로 시작하기 위해 숱하게 많은 어리석은 짓, 악덕, 실수를 저지르고 역겨움과 절망과 비통함을 느끼며 이 길을 지나왔지. 하지만 내 마음이 허락하면, 내 눈이 웃으면 옳은 거였어. 나는 자비를 체험하기 위해, 다시 옴을 들을 수 있기 위해, 잘 자고 잘 일어나기 위해 절망감에 시달려야 했고, 모든 생각 중에서 가장 어리석은 것, 목숨을 끊겠다는 생각에 빠지고 말았지. 내 안의 아트만을 다시 발견하기 위해 나는 바보가 되어야 했지. 다시 살기 위해 나는 죄를 저질러야 했지. 나의 길은 다시 나를 어디로 이끌까? 이 길은 어리석고, 이 길은 구불구불하고, 어쩌면 원을 돌 듯 맴돌아야 하는 길인지도 모르지. 순리를 따르자. 결국 나는 그 길을 가게 될 테니까.'

놀랍게도 그는 가슴속에서 기쁨이 넘실거리는 것을 느꼈다.

그는 자신의 마음에 물어보았다. '대체 어디서, 이 기쁨은 대체 어디서 오는 걸까? 잠을 길게 푹 자고 난 후라서 이렇게 기쁨으로 충만한 걸까? 아니면 내가 읊조렸던 옴에서 오는 걸까? 아니면 내가 벗어났기 때문에, 내가 도망쳤기 때문에, 내가 드디어 다시 자유로워졌기 때문에, 아이처럼 하늘 아래서 있기 때문에? 이렇게 도망친 상태, 이렇게 자유로워진 상태는 얼마나 좋은지! 이곳의 공기는 얼마나 깨끗하고 아름다우며, 얼마나 숨쉬기에 좋은지! 내가 벗어난 그곳, 향유와 향신료와 포도주와 풍족함과 태만함의 냄새가 났다. 나는 이런 부자들, 미식가들, 도박꾼들의 세상을 얼마나 혐오했던가! 오랫동안 이 끔찍스러운 세상에 머물러 있었던 나 자신을 얼마나 혐오했던가! 나 자신을 얼마나 혐오하고, 나 자신을 잃고,

중독에 빠뜨리고, 괴롭히고, 늙고 악하게 만들었던가! 안 된다. 이제부터 나는 절대로 한때 즐겼던 삶을, 싯다르타는 지혜로운 자라고 착각했던 삶을 살지 않으리라! 이것만큼은 내가 잘한 일이야. 이것만큼은 내 마음에 드는 일이야. 나 자신에 대한 모든 어리석고 황폐한 삶에 대한 혐오를 멈춘 나를 칭찬해야 해. 싯다르타, 너를 칭찬하고 싶어. 수십 년의 세월을 어리석게 살고 난 후 다시 이런 생각을 하게 되었고, 무언가를 했고, 네 가슴속의 새가 다시 노래하고 너를 따르게 되었구나!' 그렇게 그는 자신을 칭찬했고, 기쁨을 느꼈고, 호기심을 가진 채 배에서 나는 꼬르륵꼬르륵 소리를 들었다. 이제 그는 한 조각의 슬픔, 한 조각의 비참함을 그렇게 느꼈고, 이 마지막 시간과 마지막 날에 모든 것을 맛보고 토해 내고, 절망과 죽음에 이르도록 다 먹어 치웠다. 그것은 좋은 일이었다. 그가 좀 더 오래 카마스바미의 집에 머무르며 돈을 벌고, 탕진하고, 배를 살찌우고, 자신의 영혼을 갈급하게 만들었더라면, 그가 좀 더 오래 이 부드럽고 좋은 것들이 꽉 채워진 지옥에서 살았더라면 이런 일은 일어나지 않았을 것이다. 아무런 위로가 없고 절망적이었던 순간, 극적인 순간에 흐르는 물에 몸을 던져 자신을 포기하겠다고 마음먹지 않았을 것이다. 그는 이런 절망감과 이런 지독한 역겨움을 느꼈기 때문에, 쓰러지지 않았기 때문에, 자기 안의 새, 기쁨의 샘과 소리가 살아 있었기 때문에, 이런 것들에 대해 기쁨을 느꼈고, 웃을 수 있었다.

희끗한 머리 아래로 그의 얼굴이 환히 빛나고 있었다.

싯다르타는 생각했다. "알아야 할 필요가 있는 것은 뭐든 직접 체험해 보는 게 좋아. 세상의 쾌락과 부가 선한 자들의 것이 아니라는 건 어릴 때부터 이미 알고 있었어. 나는 오랫동안 이 사실을 알고 있었고, 이제야 직접 체험하게 되었어. 이제 나는 이것을 알아. 기억뿐만 아니라 내 눈과 내 마음과 내 육감을 통해 알아. 내가 이걸 알고 있다니 얼마나 다행인지 모르겠어!"

그는 한참 동안 자신의 변한 모습을 되돌아보았고, 새가 어떻게 즐거워하고 노래하는지 들어 보았다. 이 새는 그의 내면에서 죽지 않았던가? 그는 새의 죽음을 느끼지 않았던가? 그렇다. 그의 안에서 다른 것, 오랫동안 죽이기를 갈망해 왔던 것이 죽어 버린 것이다. 참회자로 살아가던 환하게 빛났던 시절에 내가 죽이려고 했던 것은 바로 이것이 아니었을까? 그의 자아, 보잘것없고 불안에 떨고 자만심으로 가득 찬 자아, 그가 수십 년간 싸워 왔던 자아, 끊임없이 물리쳐야 했던 자아, 죽이고 나서도 되살아나는 자아, 기뻐하지 못하게 하고 두려움을 느꼈던 자아, 바로 이것이 아니었을까? 마침내 오늘 평화로운 강가가 있는 이 숲에서 죽었음을 발견한 것, 이것은 자아가 아니었을까? 이 죽음 때문에 이제 그는 어린아이처럼 신뢰에 가득 차서 어떤 두려움도 없이 완전한 기쁨을 느낄 수 있는 게 아닐까?

이제 싯다르타는 브라만으로서, 참회자로서 자신과 자아와의 싸움이 헛되었다는 것도 깨달았다. 너무 많은 앎이, 너무 많은 경전 구절이, 지나친 제사 규례가, 지나친 고행이, 지나친 행동과 노력이 오히려 그에게 방해가 되었던 것이다! 그는 오만으로 가득 차 있었고, 언제나 가장 총명한 자, 언제나 모든 것을 한발 앞서 가장 열심히 하는 자, 언제나 많이 알고 있는 지적인 자, 언제나 승려나 현자였다. 그가 단식 수행과 참회를 하며 자아를 죽일 수 있다고 믿는 동안, 그의 자아는 이러한 성직자 의식으로, 이러한 오만으로, 이러한 지성으로 슬그머니 기어들어 둥지를 틀고 계속 자라나고 있었던 것이다. 이제야 그는 알았다. 내밀한 음성이 옳았음을, 어떤 스승도 자신을 해탈에 이르게 할 수 없음을 알았다. 그래서 그는 자신의 내면에서 승려와 사문이라는 존재가 죽을 때까지 세상 속으로 들어가야 했고, 쾌락과 권력에, 여자와 재물에 탐닉해야 했고, 상인이, 도박꾼이, 술꾼이, 탐욕으로 가득한 자가 되어야 했던 것이다. 그래서 그는 이 추악한 세월을 견디고, 역겨움을 견디고, 공허함, 황폐하고 잃어버린 삶의 무가치함의 끝을 볼 때까지, 절망으로 철저히 무너질 때까지, 탕아 싯다르타가, 탐욕스러운 싯다르타가 죽을 수 있을 때까지 견뎌야 했던 것이다. 그는 죽었고 새로운 싯다르타가 잠에서 깨어났다. 새롭게 거듭난 싯다르타도 나이가 들 것이고, 언젠가는 죽을 것이고, 싯다르타는 사라질 것이고, 그의 모든 형상도 덧없이 사라질 것이다. 하지만 오늘 그는, 다시 태어난 싯다르타는 아직 젊고, 어린아이이고, 기쁨으로 충만하다.

그는 이런 생각을 했고, 웃으면서 자신의 배에 귀를 대고 벌이 윙윙거리는 듯한 소리를 들으며 감사함을 느꼈다. 그는 밝은 표정으로 흐르는 강을 바라보았다. 그에게 물이 이토록 사랑스럽게 느껴진 적이 없었고, 찰랑거리는 물에서 나오는 음성과 비유가 그토록 강렬하고 아름답게 들린 적이 없었다. 강이 그에게 무언가 특별한 것을, 아직 그는 알지 못하지만 그를 기다리고 있는 무언가를 전해 주려는 듯했다. 싯다르타는 이 강에 몸을 던져 죽으려고 했다. 지쳐 있고 절망으로 가득했던 과거의 싯다르타는 오늘 이 강에서 죽었다. 새롭게 거듭난 싯다르타는 흐르는 이 강에 깊은 사랑을 느꼈고, 이곳을 떠나지 않으리라 결심했다.

뱃사공

'이 강에 머무르리라.' 싯다르타는 생각했다. '언젠가 내가 어린아이와 같은 인간이 되기 위해 떠나던 길에 만났던 남자가 있었지. 당시 친절했던 그 뱃사공은 내가 그의 오두막을 나와 새로운 삶을 향해 나아갈 수 있도록 인도했지. 그런데 이 삶은 이제 옛것이 되었고 죽었어. 현재 나의 길, 현재의 새로운 삶도 그곳에서 다시 시작하는 거야!'

애정 어린 눈빛으로 그는 흐르는 강물을, 맑은 초록빛을, 비밀로 가득한 그림의 수정 같은 선을 바라보았다. 그는 깊은 곳으로부터 반짝이는 진주가 솟아오르고, 수면에서 잔잔한 거품이 헤엄치는 것을, 그 안이 하늘빛으로 변하는 것을 보았다. 강은 수천 개의 눈으로, 초록빛으로, 하얗게, 수정처럼 투명하게, 하늘빛으로 그를 바라보았다. 그는 이 물을 얼마나 사랑했고, 이 물은 그를 얼마나 황홀하게 하고, 이 물에 얼마나 감사했던가! 마음속으로 그는 자신을 새로 깨어나게 한 음성이 전하는 말을 들었다. 이 음성은 그에게 이렇게 말했다. “이 물을 사랑하라! 이 물에 머물러라! 이 물에게 배워라!” 그렇다. 그는 물에게 배우고, 물이 들려주는 음성에 귀 기울일 것이다. 물과 그 비밀들을 이해하면 다른 많은 것들과 많은 비밀들, 아니 모든 비밀도 이해할 수 있을 것처럼 느껴졌다.

오늘 그는 강의 수많은 비밀 중 겨우 하나만 보았을 뿐인데, 이 비밀은 그의 영혼을 사로잡았다. 그는 이 물이 흐르고 또 흐르며 끊임없이 흐르고 있지만 언제나 그 자리에 있고, 언제나 같지만 매 순간 새로워지고 있음을 보았다! 누군가 이것을 잡을 수 있다면, 이것을 이해할 수 있다면 얼마나 좋을까! 그는 이것을 잡았지만 이해하지 못했고, 어떤 예감만이 꿈틀거리고 먼 옛날의 기억과 신들의 음성만 느낄 뿐이었다.

싯다르타는 벌떡 일어났다. 육신의 허기가 몰려와 견딜 수 없었다. 그는 배고픔을 참으며 강가의 길을 지나 강을 향해 계속 걸으면서 물이 흐르는 소리에 귀 기울였고, 뱃속에서 꾸르륵거리는 소리에 귀 기울였다.

그가 나루터에 도착했을 때 나룻배와 뱃사공이 기다리고 있었다. 예전에 젊은 사문에게 강을 건너게 해 주었던 그 뱃사공이 나룻배를 타고 있었다. 싯다르타는 바로 그를 알아보았는데, 그 사이 이 뱃사공도 많이 늙어 있었다.

"강을 건네줄 수 있습니까?" 싯다르타가 물었다.

뱃사공은 신분이 높은 남자가 홀로 방랑하는 모습을 보며 놀랐고, 그를 배에 태워 갔다.

"당신은 아름다운 삶을 택하셨군요. 매일 이 강에 살며 배를 타는 것은 분명 아름다운 일이지요." 싯다르타가 말했다.

웃으면서 뱃사공이 이리저리 노를 저었다. "귀하신 양반, 당신이 말한 대로 이렇게 사는 삶은 아름답지요. 하지만 모든 삶이, 모든 일이 항상 아름다운 건 아니지 않소?"

"그럴 수도 있지요. 당신이 하는 일이 부럽습니다."

"아, 당신은 곧 이 일에 대한 흥미를 잃게 될 것이오. 당신처럼 좋은 옷을 입는 사람들에게 이 일은 맞지 않소."

싯다르타가 웃었다. "오늘 이미 옷차림으로 평가받았고 불신의 눈초리를 받았습니다. 뱃사공 양반, 거추장스러운 이 옷을 당신이 가져가시렵니까? 당신은 내가 뱃삯을 지불할 돈이 없다는 걸 눈치채셨을 것입니다."

"귀한 양반께서 농담도 참 잘하시오." 사공이 웃으며 말했다.

"친구, 농담이 아닙니다. 당신은 오래전에 뱃삯도 받지 않고 강을 건네준 적이 있습니다. 오늘도 그렇게 해 주실 것이라 믿으니 제 옷을 가져가 주십시오."

"옷도 없이 여행하려는 것이오?"

"더 이상 여행을 하지 않을 수 있다면 가장 좋겠지요. 뱃사공 양반께서 허리에 두르는 낡은 천이 있다면 제게 주시고,

저를 당신의 조수나 견습생으로 써 주셔도 좋겠고요. 저는 배를 다루는 법을 먼저 배워야 하니까요."

뱃사공은 탐색하듯 이 낯선 남자를 한참 동안 뚫어져라 쳐다보았다.

마침내 그가 입을 열었다. "이제야 당신이 누군지 알아보겠군요. 언젠가 당신이 내 오두막에서 하룻밤을 보낸 적이 있었지요. 꽤 오래전, 이십 년도 더 지난 일이군요. 내가 당신을 강 건너까지 배를 태워 주었고, 좋은 친구로 헤어졌지요. 그때 당신은 사문이 아니었던가요? 아쉽게도 당신의 이름이 더 이상 기억나지 않소만."

"싯다르타라고 합니다. 당신이 저를 마지막으로 보았을 때 저는 사문이었습니다."

"반갑소, 싯다르타. 나는 바수데바(Vasudeva, 인도 신화에 나오는 비슈누의 화신 가운데 하나. 비슈누가 인격으로 나타난 존재-옮긴이)라고 하오. 오늘도 내 손님이 되어 내 오두막에서 하룻밤을 지내며, 당신이 어디에서 왔고 이 좋은 옷들이 거추장스러워진 사연을 들려주길 바라오."

두 사람은 강의 한가운데에 왔고, 바수데바는 다가오는 물살을 밀어내기 위해 더 세게 노를 저었다. 그는 시선을 뱃머리에 둔 채 팔에 힘을 세게 주고 차분히 노를 저었다. 싯다르타는 앉아서 물끄러미 그를 바라보다가 사문 생활을 끝낸 마지막 날 그의 마음속에서 이 남자에 대한 사랑이 어떻게 싹텄는지 떠올랐다. 그는 바수데바의 초대를 감사히 받아들였다. 두 사람이 강가에 다다랐을 때 사공은 싯다르타가 말뚝을 배에 묶을 수 있도록 도와준 뒤, 오두막으로 함께 들어가자고 했으며 빵과 물을 대접했다. 싯다르타는 즐거운 마음으로 식사했고, 바수데바가 준 망고도 즐거운 마음으로 먹었다.

그러고 나서 두 사람은 강가의 나무 그루터기에 걸터앉았다. 해가 넘어가고 있었다. 싯다르타는 뱃사공에게 자신의 출생과 자신의 삶 그리고 오늘 그가 절망에 빠졌던 그 순간에 자신의 눈으로 보았던 것에 대해 이야기했다. 밤이 늦도록 이야기는 계속되었다.

바수데바는 주의를 바짝 기울여 싯다르타의 이야기를 들었다. 그는 싯다르타의 모든 것, 출생과 어린 시절, 모든 배움과 모든 구하는 것과 모든 기쁨과 모든 고난에 대해 귀담아들었고 있는 그대로 받아들였다. 이것은 뱃사공이 가진 미덕 중 가장 고귀한 것이었다. 세상에는 그런 사람들이 많지 않았지만, 그는 남의 말을 귀담아들을 줄 아는 사람이었다. 말을 하는 싯다르타도 바수데바가 얼마나 차분하게 마음을 활짝 열고 기다려 주면서 그의 말을 자신의 내면으로 받아들이는지, 얼마나 평정심을 지키고 성급하게 기대하지 않고 칭찬도 꾸짖음도 하지 않고 귀담아듣고 있는지 느낄 수 있었다. 싯다르타는 이렇게 남의 말을 귀담아들을 줄 아는 사람에게 자신의 마음과 자신의 삶과 자신이 구하는 것과 자신의 아픔에 대해 털어놓을 수 있다는 게 얼마나 큰 행운인지 느낄 수 있었다.

싯다르타의 이야기가 끝날 무렵 그가 강가의 나무에 대해, 자신이 얼마나 심하게 좌절했는지에 대해, 성스러운 옴에 대해, 잠깐 졸다가 강에 대한 사랑을 어떻게 느꼈는지에 대해 이야기했을 때 뱃사공은 두 배는 더 집중하고 완전히 몰입하여 눈을 감은 채 그의 말을 들었다.

하지만 싯다르타가 말을 멈추고 한참 침묵이 흐르자 바수데바가 말을 꺼냈다. "내가 생각했던 대로였소. 강이 당신에게 말을 건넸군요. 강은 당신과도 친구가 되었고, 당신에게도 말을 하고 있소. 좋은 일이오. 아주 좋은 일이지. 내 친구, 싯다르타, 나와 함께 이곳에 머물러도 좋소. 나에게도 아내가 있었소. 그녀는 옆집에 살았었지. 하지만 그녀는 세상을 떠난지 오래되었고, 나는 오래전부터 혼자 살고 있소. 여기서 나와 함께 살아도 좋소. 우리 둘이 살 수 있는 공간도 먹을 것도 충분하오."

"감사합니다. 당신에게 감사드리며 제안을 받아들이겠습니다. 그리고 제 이야기를 귀담아들어 주신 것도 감사합니다! 귀담아듣는 법을 아는 사람은 드물지요. 저는 당신처럼 남의 말을 귀담아들을 줄 아는 사람을 지금껏 만나 본 적이 없습니다. 저는 이것도 당신에게서 배우게 될 것입니다." 싯다르타가 말했다.

"당신도 배우게 될 것이오. 귀담아듣는 법은 강이 내게 가르쳐 주었소. 당신도 강에게서 귀담아듣는 법을 배우게 될 것이오. 강은 모든 것을 알고 있고, 모든 것을 배울 수 있소. 잘 들으시오. 당신도 아래를 향해 가고, 낮아지고 깊이를 구하는 것이 좋다는 것을 물을 통해 이미 배웠소. 부유하고 고상한 싯다르타가 노 젓는 사람이 되었고, 학식이 있는 브라만 싯다르타가 뱃사공이 되었소. 이것도 강이 당신에게 말해 준 것이오. 당신은 강에게 다른 것도 배우게 될 거요."

한참 후 싯다르타가 다시 말을 꺼냈다. "바수데바, 어떤 다른 것을 말하는 것입니까?"

바수데바가 자리에서 일어났다. 그리고 이렇게 말했다. "밤이 늦었소. 이제 잠자리에 듭시다. 친구여, 다른 것이 무엇인지는 말해 줄 수 없소. 당신이 직접 배우게 될 것이오. 어쩌면 당신은 이미 알고 있는지도 모르겠소. 잘 들으시오. 나는 학식이 있는 사람이 아니오. 나는 말하는 법도 모르고 생각하는 법도 모르오. 나는 귀담아듣고 경건하게 사는 것만 알 뿐이오. 이런 것들 외에 나는 아무것도 알지 못하오. 내가 이런 것들을 말하고 가르칠 수 있었다면 현자가 되었겠지요. 하지만 나는 뱃사공에 불과하오. 내게 주어진 일은 사람들이 강을 건널 수 있게 해 주는 것이오. 나는 수많은 사람들, 수천 명의 사람들이 강을 건널 수 있게 해 주었소. 이들 모두에게 강은 여행을 방해하는 장애물에 불과했소. 이들은 돈과 일을 위해, 결혼식을 위해, 순례를 위해 여행을 했기 때문에 강은 걸림돌이었고, 그곳에 있는 뱃사공은 이 장애물을 빨리 넘게 해 주는 사람일 뿐이었소. 그 수천 명 중 몇 사람, 고작 몇 사람, 너덧쯤 되는 사람들만 강의 음성을 들었고, 그 음성에 귀 기울였고, 그들에게 강은 성스러운 존재가 되었소. 나에게 그랬듯이 말이오. 싯다르타, 이제 그만 쉬러 갑시다."

싯다르타는 뱃사공의 집에 머무르며 배를 다루는 법을 배웠다. 나룻배에서 할 일이 없을 때, 그는 바수데바와 논에서 일을 했고, 나뭇가지를 모았고, 바나나나무에서 열매를 땄다. 그는 노를 만들고, 배를 수리하고, 바구니를 엮는 법을 배웠다. 그는 자신이 배우는 모든 일을 즐거워했다. 이렇게 쏜살같이 며칠이 지나고 몇 달이 흘러갔다. 강은 바수데바보다 그에게 더 많은 것을 가르쳐 주었다. 그는 강에서 끝없이 많은 것을 배웠다. 무엇보다 그는 기다려 주고, 마음을 열고, 어떤 열정도, 소망도, 판단도, 의견도 없이 귀담아듣는 법과 차분한 마음으로 듣는 법을 배웠다.

싯다르타는 바수데바와 정답게 지내면서 가끔 말을 건넸다. 몇 마디 되지 않지만 오래 생각하고 꺼내는 말들이었다. 바수데바는 말하는 걸 즐기지 않았기 때문에 싯다르타가 그에게 말을 시키는 일은 드물었다.

한 번은 싯다르타가 그에게 이런 질문을 했다. "뱃사공 어르신도 시간이 존재하지 않는다는 비밀을 강에게 배우셨습니까?"

그러자 바수데바의 얼굴이 웃음으로 환해지더니 이렇게 대답했다. "그렇소, 싯다르타. 당신은 강이 어디에서나 동시에 존재하고 근원과 합류점에서, 폭포에서, 나룻배에서, 급류에서, 바다에서, 산맥에서 어디에서나 동시에 존재하고 과거의 그림자가 아닌, 미래의 그림자가 아닌 오직 현재만을 위해 존재한다는 말을 하려는 것이오?"

이에 싯다르타가 말했다. "그렇습니다. 제가 이것을 배운 순간 저의 삶을 돌아보았습니다. 제 삶은 강이기도 했습니다. 소년 싯다르타와 남자 싯다르타와 노인 싯다르타를 가르는 것은 실제로 존재하는 것이 아닌 그림자였습니다. 싯다르타의 이전 생에도 과거는 없고, 그의 죽음과 그가 브라마(Brahma, 힌두교에서 우주의 근본적 원리이자 최고 원리인 지고의 우주적 정신 또는 존재인 브라만이 인격화된 남신으로 브라만을 상징함-옮긴이)로 회귀한 상태에도 미래는 없는 것이지요. 아무것도 존재하지 않았고, 아무것도 존재하지 않습니다. 모든 것은 지금 존재하고, 모든 것에는 존재와 현재가 있습니다."

싯다르타는 황홀해하며 말했다. 이러한 깨달음으로 그는 강렬한 기쁨을 맛보았다. 오, 그렇다면 모든 번뇌는 시간의 문제가 아니었고, 모든 고통과 두려움 또한 시간의 문제가 아니었으며, 시간을 생각에서 지워 낼 수 있게 되자마자 이 세상의 모든 어려움과 모든 적대적인 것이 사라지고 극복되는 것이란 말인가? 싯다르타는 황홀해하며 말했지만 바수데바는 그를 보며 그저 환히 웃으며 그의 말이 맞는다는 듯 고개를 끄덕였다. 그렇게 아무 말 없이 고개만 끄덕이다 손으로 싯다르타의 어깨를 쓰다듬고 다시 일을 하러 갔다.

그리고 또 한 번, 우기가 되어 강물이 불어나서 무시무시한 소리를 내며 흐르고 있을 때 싯다르타가 말을 꺼냈다. "친구여, 강에는 많은 음성, 아주 많은 음성이 있지 않습니까? 안 그렇습니까? 강은 왕의 음성, 전사의 음성, 황소의 음성, 야조의 음성, 아이를 낳는 여인의 음성, 한숨 쉬는 사람의 음성, 그 외에도 수천 가지 다른 음성을 가지고 있지 않습니까?"

"그렇습니다. 피조물의 모든 음성은 그의 음성 안에 있지요."

"이 수천 가지의 모든 음성을 동시에 들을 수 있을 때 강이 어떤 말을 하는지 당신은 알고 있습니까?" 싯다르타가 이어 물었다.

바수데바의 얼굴은 기쁨으로 웃고 있었다. 그는 싯다르타에게 몸을 굽히고 그의 귀에 대고 성스러운 옴을 말했다. 이것은 싯다르타도 들어 보았던 옴이었다.

싯다르타의 웃음이 뱃사공의 웃음과 점점 비슷해졌다. 이들은 거의 똑같다 싶을 정도로 환히 웃었고, 수천 개의 잔주름에서는 광채가 났다. 두 사람은 똑같이 어린아이처럼 천진난만했으며, 똑같이 노인다워 보였다. 많은 여행자가 두 사람이 형제라고 생각했다. 이들은 가끔 밤에 강가의 나무 그루터기에 함께 앉아서 말없이 강에서 들려오는 소리에 귀 기울였다. 강은 이들에게 그냥 물이 아닌 삶의 음성, 존재하는 것의 음성, 영원히 되어 가는 것의 음성이었다. 때로는 두 사람이 강의 음성을 들으며 같은 생각을 할 때도 있었고, 그저께의 대화를, 두 사람이 함께 얼굴과 운명을 찬찬히 살펴보았던 한 여행자를, 죽음을, 어린 시절을 생각할 때도 있었고 같은 순간에 강이 두 사람에게 좋은 것을 말해 주었을 때, 서로 바라보고, 서로 같은 생각을 하고, 같은 질문에 대해 같은 답을 얻으며 기뻐할 때도 있었다.

이 나룻배와 두 뱃사공에게 무언가 특별한 일이 일어나고 있었으며, 몇몇 여행자들이 그걸 느꼈다. 두 뱃사공 중 한 사람의 얼굴을 쳐다보던 나그네가 자신의 인생사를 털어놓기 시작했고, 괴로움을 호소했고, 악인이었음을 고백했고, 위로와 조언을 구하는 일이 때때로 있었다. 두 뱃사공의 집에서 하룻밤 머물고, 강의 소리에 귀 기울여 보아도 되는지 허락을 구하는 사람도 때때로 있었다. 이 나룻배 근처에 현자인지 마법사인지 성자인지 모르는 두 사람이 산다는 말을 듣고 호기심으로 그들을 찾아오는 사람들도 때때로 있었다. 호기심이 가득한 사람들은 많은 것을 물었으나 답을 듣지 못했고, 두 뱃사공이 마법사도 현자도 아니며, 말도 못 하고 뭔가 별나지만 우둔한 듯한 그저 친절한 두 노인이라고 여겼다. 호기심이 가득한 사람들은 이런 허무한 소문을 퍼뜨린 이들이 얼마나 쉽게 믿는 미련한 자들이냐며 비웃었다.

세월이 흘렀고 이제 아무도 그들이 특별하다고 생각하지 않았다. 그러던 어느 날 가우타마, 즉 붓다의 제자라는 승려들이 순례를 와서 강을 건너게 해 달라고 부탁했다. 두 뱃사공은 불세존, 존귀한 그분이 위독하여 곧 성불成佛하고 해탈에 이를 것이라는 소문을 들었던 터라 승려들이 위대한 스승에게로 서둘러 돌아가려 한다는 것을 이미 눈치채고 있었다. 얼마 지나지 않아 새로운 무리의 승려들이 순례를 왔다. 그리고 또다시 한 무리가 왔다. 승려들뿐만 아니라 남아 있던 여행자들과 방랑자들도 가우타마의 입멸入滅이 다가오고 있다는 이야기만 했다. 출정이나 왕의 대관식처럼 각지에서 사람들이 개미 떼처럼 새카맣게 몰려들었고, 마법사에게 이끌리듯, 위대한 붓다가 입멸을 기다리고 있고, 엄청난 일이 일어나고 한 시대의 위대한 완성자가 장엄하게 입적入寂할 그곳을 향해 갔다.

현자, 이 위대한 스승이 입멸을 앞둔 이 시기에 싯다르타는 사람들에게 경각심을 일깨우고 수만 명의 사람을 깨웠던 이 음성에 대해, 한때 싯다르타에게도 가르침을 주었던 이 음성에 대해, 한때 경외심을 갖고 바라보았던 그의 성스러운 얼굴에 대해 많은 생각을 했다. 싯다르타는 그에 대해 좋은 기억을 갖고 있었고, 완성의 길을 눈앞에서 목격했었다. 그는 혈기 왕성한 청년 시절 자신이 불세존, 존귀한 자에게 했던 말들을 떠올리며 웃었다. 자신이 했던 말들이 그에게는 불손하고 건방지게 들렸을 것이다. 그런 기억들을 떠올리며 싯다르타는 웃었다. 싯다르타는 이미 오래전, 자신은 더 이상 가우타마와 분리될 수 없지만, 그의 가르침도 받아들일 수 없음을 알고 있었다. 그렇다. 진정한 구도자, 진실로 무엇을 찾고자 하는 자는 어떤 가르침도 받아들일 수 없다. 하지만 이미 찾은 자는 가르침이라 불리는 모든 것과 모든 길과 모든 목표를, 찾을 수 있는 자는 영원 속에 살고 있고 성스러운 것들이 호흡하고 있는 수천 가지의 다른 모든 것과 자신을 더 이상 분리할 수 없다.

많은 사람이 입멸을 앞둔 붓다를 위해 순례를 오는 날들이 이어졌다. 그러던 어느 날, 한때 최고의 미인이었던 창녀 카말라도 순례를 왔다. 그녀는 이미 오래전에 과거의 삶을 청산하고 가우타마의 승려들을 위해 자신의 정원을 바쳤고, 가우타마의 가르침에 귀의하여 순례자들의 친구이자 자비를 베푸는 사람이 되어 있었다. 그녀는 가우타마의 입멸이 가까워지고 있다는 소식을 듣고, 자신의 아들인 소년 싯다르타와 함께 소박한 차림새를 하고 걸어서 순례길에 올랐다. 어린 아들과 함께 강가로 가려던 중이었다. 아들은 이미 지쳐 있었고 집으로 돌아가자고, 쉬고 싶다고, 먹을 것을 달라고 보채고 고집을 피우고 울먹였다.

카말라는 아들 때문에 자주 멈춰야 했다. 아들은 자신이 하고 싶은 대로만 하는 데 익숙해져 있었기 때문에 그녀는 아이에게 먹을 것을 주고, 달래고, 꾸짖어야 했다. 아이는 어머니가 왜 이 고되고 비참한 순례길에 올라야 하는지, 잘 알지도 못하는 곳에, 죽음을 앞두고 누워 있다는 낯선 성인에게 가야 하는지 이해할 수 없었다. 그가 죽는 것이 이 소년과 무슨 상관이 있단 말인가?

어린 싯다르타가 어머니에게 또 한 번 쉬었다 가자고 했을 때, 순례자들은 바수데바의 나룻배에서 그리 멀리 있지 않았다. 카말라도 지쳐 있었고 아들이 바나나를 먹고 있는 동안 바닥에 웅크리고 앉아 잠시 눈을 감고 쉬고 있었다. 그런데 갑자기 고통스러운 신음이 들렸다. 아이는 겁을 먹은 채 카말라를 보았다. 그녀의 얼굴은 깜짝 놀라 창백해져 있었고, 옷 아래에서 그녀를 물었던 작고 검은 뱀 한 마리가 슬그머니 빠져나왔다.

둘은 다른 사람을 찾기 위해 급히 걷다가 나룻배 가까이에 이르렀다. 그곳에서 카말라는 주저앉았고 더 이상 걷지 못했다. 아들이 서럽게 울면서 어머니에게 입맞춤하고 목을 꽉 끌어안았다. 두 사람은 도와달라며 소리를 질렀는데, 마침 나룻배를 타고 있던 바수데바의 귀에 이 소리가 들렸다. 그는 황급히 달려가 팔로 여자를 부축하고 배에 태웠다. 아이도 함께 왔고 모두가 오두막에 도착했다. 그때 싯다르타는 아궁이 앞에 서서 불을 지피고 있었다. 그는 세 사람이 들어오는 모습을 쳐다보았다. 먼저 아이의 얼굴을 보았는데 신기하게도 잊고 있던 것들이 떠올랐다. 그다음에 카말라를 보았다. 그녀는 의식을 잃고 바수데바의 팔에 안겨 있었지만 싯다르타는 한 눈에 그녀를 알아볼 수 있었다. 그리고 어린 소년이 자신의 아들임을, 그 얼굴이 자신에게 많은 것을 경고하고 있음을 알았다. 그의 심장이 요동쳤다.

카말라의 상처를 씻어 냈지만 상처는 이미 검게 변했고 부어 있었기 때문에 몰약을 흘려 넣었다. 의식이 돌아왔을 때 그녀는 싯다르타의 오두막 침상에 누워 있었다. 싯다르타는 한때 자신이 그토록 사랑했던 여인에게 몸을 구부린 채 서 있었다. 이 순간이 그녀에게는 꿈처럼 느껴졌다. 그녀는 웃으면서 옛 남자의 얼굴을 쳐다보았고, 자신이 어떤 상태인지 조금씩 깨달았다. 뱀에게 물렸던 것이 기억이 나자 그녀는 불안에 떨며 아들을 불렀다.

"아이는 내 옆에 있으니 걱정하지 말아요." 싯다르타가 말했다.

카말라는 그의 눈을 바라보았다. 그녀는 독에 마비되어 혀가 잘 움직이지 않았다. 그녀가 말했다. "내 사랑, 당신도 늙었군요. 머리가 희끗해졌어요. 그런데 당신은 언젠가 옷도 없이 먼지가 덕지덕지 붙은 발로 정원에 있는 내게 왔었던 젊은 사문의 모습 그대로군요. 당신이 젊은 사문이었을 때보다, 나와 카마스바미를 떠났을 때보다 지금의 당신이 그때의 젊은 사문과 더 닮았군요. 당신은 그때 그 사람, 그 싯다르타와 똑같아요. 아, 저도 늙었어요. 그런데 당신은 아직도 저를 알아

보는군요?"

싯다르타가 웃었다. "카말라, 내 사랑, 나는 당신을 바로 알아볼 수 있었소."

카말라가 자신의 아들을 가리키며 말했다. "그럼 저 아이도 알아볼 수 있겠어요? 당신 아들이에요."

그녀의 눈빛이 흐릿해지더니 눈이 감겼다. 아이가 울었다. 싯다르타는 아이를 무릎에 앉힌 채 울게 내버려두었고 머리를 쓰다듬어 주었다. 아이의 얼굴을 보는 순간, 자신이 어린 소년이었을 때 배웠던 브라만의 기도가 떠올랐다. 싯다르타는 천천히, 노래하는 듯한 음성으로 과거와 어린 시절에서 흘러나오는 것들을 말하기 시작했다. 이 단조로운 가락의 시가를 들으며 소년은 잠잠해졌고, 훌쩍대며 울다 잠들기를 반복했다. 싯다르타는 아이를 바수데바의 침상에 눕혔다. 바수데바가 아궁이 앞에 서서 밥을 짓고 있었다. 싯다르타는 그를 쳐다보았고, 그는 웃음으로 화답했다.

"그녀는 죽게 될 것입니다." 싯다르타가 나지막이 말했다.

바수데바는 고개를 끄덕였다. 그의 다정한 얼굴 위로 아궁이의 불빛이 비치고 있었다.

카말라의 의식이 한 번 더 돌아왔다. 그녀의 얼굴은 고통으로 일그러졌고, 싯다르타는 그녀의 입가와 창백해진 뺨에서 그녀의 아픔을 눈으로 읽을 수 있었다. 그는 그녀의 얼굴에서 고요함을 읽었고, 주의 깊게 기다리면서 그녀의 아픔에 함께 빠져든 채로 있었다. 카말라는 그것을 느꼈고, 그녀의 눈빛이 그의 눈을 찾았다.

카말라가 싯다르타를 바라보며 말했다. "당신의 눈빛이 변한 것을 이제야 알아보겠어요. 당신은 완전히 다른 사람이 되었군요. 당신이 싯다르타라는 것을 내가 무엇으로 알아볼 수 있을까요? 당신은 싯다르타이면서, 싯다르타가 아니에요."

싯다르타는 아무 말도 하지 않고 가만히 그녀의 눈을 바라보고 있었다.

"당신은 해냈나요? 당신은 평안을 찾았나요?" 그녀가 물었다.

그가 웃으면서 자신의 손을 그녀의 손 위에 올렸다.

"그렇게 되었군요. 그래 보여요. 나도 평안을 찾을 거예요." 그녀가 말했다.

"당신은 이미 그걸 찾았어요." 싯다르타가 속삭이듯 말했다.

카말라는 가만히 그의 눈을 바라보았다. 그녀는 완성자의 얼굴을 보기 위해, 그의 평안을 함께 호흡하기 위해 가우타마에게로 순례의 길을 떠나야겠다고 생각했었지만, 그가 아닌 평안을 찾았고, 이런 것도 그의 얼굴을 본 것만큼이나 좋다고 생각했다. 그녀는 싯다르타에게 말을 하려고 했지만 더 이상 혀가 자신의 의지대로 움직이지 않았다. 그녀는 말없이 그를 바라보았고, 그는 그녀의 눈에서 생명이 소멸해 가고 있음을 보았다. 마지막 고통이 그녀를 가득 채우고 꺾였을 때, 마지막 전율이 그녀의 사지에 흘렀을 때, 싯다르타는 그녀의 눈을 감겨 주었다.

그는 한참 동안 그 자리에 앉아서 영원히 잠든 그녀의 얼굴을 바라보았다. 한참 동안 그는 그녀의 입을, 그녀의 늙고 지친 입과 얇아진 입술을 바라보았고, 인생의 봄날 언젠가 이 입술을 갓 피어난 상큼한 무화과에 비유했던 일을 떠올렸다. 한참 동안 그는 그 자리에 앉아 창백한 얼굴을, 지친 주름을 읽었고, 눈빛으로 가득 채웠고, 자신의 얼굴이 마찬가지로 하얗게 소멸하는 모습과 동시에 그녀의 파릇파릇하고 붉은 입술과 불타는 눈빛을 보았다. 현재의 감정과 시간을 초월하여 이 순간에 공존하는 감정, 영원의 감정이 그를 뚫고 들어와 가득 채웠다.

그가 일어났을 때 바수데바가 그를 위해 밥을 차려 놓았지만 싯다르타는 한 술도 뜨지 않았다. 염소들이 있는 외양간에서 두 노인은 짚을 정리했고, 바수데바는 누워서 잠을 청했다. 싯다르타는 이내 밖으로 나가 오두막 앞에서 그 밤에 강물이 흐르는 소리를, 과거로부터 휩쓸려 오는 소리를, 그의 삶의 모든 시간을 어루만지고 보듬어 주는 그 소리를 들었다. 하지만 이따금 그는 일어나 오두막 문을 열고 아이가 잠을 잘 자고 있는지 살펴보았다.

이른 아침 해가 모습을 드러내기 전에 바수데바는 외양간에서 나와 친구에게 갔다.

"잠을 못 이루었나 보군요." 그가 말했다.

"그렇습니다. 바수데바. 저는 여기에 앉아서 강물이 흐르는 소리를 들었습니다. 강은 제게 많은 것을 말해 주었습니다. 강은 치유의 생각으로, 합일의 생각으로 저를 가득 채워 주었습니다."

"아픔을 경험했군요. 하지만 싯다르타, 나는 당신의 마음에 슬픔이 찾아오리라고 보지 않소."

"그렇습니다. 사랑하는 친구여, 제가 어찌 슬퍼할 수 있겠습니까? 부유하고 행복했던 저는 이제 더 부유하고 행복해졌습니다. 아들을 선물로 받았으니까요."

"당신 아들이 나와 함께하게 된 것을 환영하오. 하지만 싯다르타, 이제 우리는 일하러 가야 하오. 할 일이 많소. 내 아내가 세상을 떠났던 그 침상에서 당신의 아내도 죽었소. 아내가 묻힌 언덕에, 내 아내를 화장했던 그 자리에 카말라를 화장할 장작더미를 쌓을 것이오."

아이가 아직 자고 있는 동안 두 사람은 장작더미를 쌓았다.

아들

소년은 겁에 질려 울면서 어머니의 장례식에 참석했고, 슬픔과 두려움에 빠진 채 싯다르타의 말에 귀 기울였다. 싯다르타는 자신의 아들에게 인사를 건넸고 바수데바의 오두막에서 그를 반갑게 맞이했다. 하지만 하얗게 질린 소년은 종일 죽은 어머니의 무덤가에 앉아 있었고, 아무것도 먹으려 하지 않았다. 소년은 그저 눈을 감고, 마음의 문을 닫은 채 자신에게 닥친 운명을 거부하며 저항하고 있었다.

싯다르타는 그런 아들을 보살피며 그냥 슬퍼하도록 내버려 두었다. 싯다르타는 아들이 자신의 존재를 알지 못하고, 아들이 아버지로서 자신을 사랑할 수 없다는 것을 이해했다. 싯다르타는 열한 살 된 아들이 버르장머리가 없는 응석받이에, 부를 누리는 습관에 젖어 살아왔고, 고급 요리와 편안한 잠자리에 길들어 있고, 하인에게 지시하는 게 익숙한 삶을 살아왔다는 것을 차츰 보고 알게 되었다. 싯다르타는 슬픔에 잠긴 응석받이 아들이 낯설고 빈곤한 환경을 어느 날 갑자기 좋게 받아들이고 만족할 수 없다는 것도 이해했다. 그래도 싯다르타는 아들에게 강요하지 않았고, 아들을 위해 억지로 무언가를 시키려고 하지 않았고, 아들에게 먹일 가장 좋은 것을 찾아다녔다. 그는 다정하고 인내심 있게 아들을 대하며 언젠가는 아들의 마음을 얻을 날이 오기를 바랐다.

그에게 왔을 때 아들은 자신이 부자이고 행복하다고 했다. 그사이 시간이 흘렀지만 여전히 아이는 이곳을 낯설어하고 침울해했다. 아이는 오만하고 고집불통이었으며, 일을 하려고 하지 않았고, 어른을 공경할 줄도 몰랐으며, 바수데바의 과일나무에서 과일을 훔쳤다. 그때 싯다르타는 아들과 함께 있으면 행복과 평안이 아니라 괴로움과 근심이 쌓여 간다는 것을 깨달아 갔다. 하지만 그는 아들을 사랑했고, 아들 없이 행복과 기쁨을 누리는 것보다 아들과 함께 지내며 괴로움과 근심에 시달리는 게 더 좋았다. 어린 싯다르타가 오두막에서 지내게 된 후 두 노인은 일을 나눠서 했다. 바수데바는 다시 홀로 뱃사공 일을 했고, 싯다르타는 아들 곁에 있기 위해 오두막의 잡일과 밭일을 맡았다.

오랜 시간이 흐르고 몇 달이 지나도록 싯다르타는 아들이 자신을 이해해 주고, 자신의 사랑을 받아 주고, 자신의 사랑에 보답해 주기를 기다렸다. 바수데바는 이런 모습을 보며 몇 달이나 기다리고 또 기다리며 침묵했다. 어느 날 싯다르타의 아들이 고집을 피우고 변덕을 부리며 아버지를 괴롭히다가 밥그릇을 던졌다. 그날 밤 바수데바는 자신의 친구를 데리고 나와 말했다.

바수데바가 말을 꺼냈다. "미안하네. 자네를 생각해서 몇 마디 하려고 하네. 자네가 요즘 괴로워하고 근심하고 있는 것이 내 눈에 보이네. 사랑하는 친구, 아들 때문에 근심이 많지? 나도 많이 걱정되네. 이 어린 새는 다른 삶과 다른 둥지에 길들어 있네. 그 아이는 자네처럼 역겹고 싫증이 나서 도시에서 도망친 게 아닐세. 그는 자신의 의지로 모든 것을 내려놓아야 했던 게 아니라는 말일세. 친구여, 내가 강에게 물어보았네. 몇 번이나 강에게 물어보았네. 하지만 강은 그저 웃었네. 강은 나를 실컷 비웃었고, 자네를 실컷 비웃었고, 우리의 어리석음에 진저리쳤네. 물은 물에게 끌리고, 젊음은 젊음에 끌리기 마련이지. 지금 자네 아들은 자신이 활짝 필 수 있는 곳에 있지 않아. 강에게 물어보게. 강의 음성에 귀 기울여 보게!"

싯다르타는 걱정스럽게 그의 다정한 얼굴을 바라보았다. 얼굴 가득한 주름 사이로 유쾌함이 묻어났다.

그가 창피해하며 조용히 물었다. "제가 그 아이와 떨어져 지낼 수 있을까요? 사랑하는 친구여, 시간을 좀 주십시오! 저는 그 아이를 위해 싸우고, 그 아이의 마음을 얻기 위해 애쓰고, 사랑과 다정함과 인내심으로 그 아이의 마음을 사로잡을 것입니다. 언젠가 강은 그 아이에게도 말해 줄 것입니다. 그 아이에게도 소명이 있습니다."

바수데바는 더 따뜻하고 환하게 웃었다. "물론 그렇네. 그 아이에게도 소명이 있네. 강은 영원한 생명을 지니고 있기도 하지. 그런데 우리, 자네와 내가 어떤 길과 어떤 행위와 어떤 슬픔 혹은 어떠한 것에 대해 그 아이의 소명이 있는지 알고 있나? 그 아이의 괴로움은 작지 않아. 그의 마음은 오만하고 단단해. 그런 사람들은 많은 괴로움을 겪고, 많이 방황하고, 부당한 일을 많이 저지르고, 많은 죄를 짊어질 수밖에 없지. 사랑하는 친구, 나에게 말해 보게. 자네는 아들을 가르치지 않을 텐가? 자네는 아들에게 아무것도 강요하지 않을 텐가? 아들에게 매를 들지 않을 텐가? 아들에게 벌을 주지 않을 텐가?"

"그렇습니다, 바수데바. 저는 이 모든 걸 하지 않을 겁니다."

"나도 그걸 알고 있었네. 자네는 단단한 것보다 부드러운 것이 강하고, 바위보다 물이 강하고, 폭력보다 사랑이 강하다는 것을 알고 있기에 그 아이에게 아무것도 강요하지 않고 매를 들지도 않고 명령하지도 않으리라는 것을 말일세. 정말 훌륭해. 자네를 칭찬하네. 하지만 아이에게 아무것도 강요하지 않고, 매를 들지 않는다는 건 혹시 자네가 착각하고 있는 게 아닐까? 자네가 그 아이를 사랑으로 구속하고 있는 게 아닐까? 자네가 아이에게 매일 수치심을 느끼게 하는 건 아닐까? 자네의 자비와 인내심이 아이를 더 힘들게 만드는 게 아닐까? 자네가 오만하고 버르장머리가 없는 소년에게 고작 바나나나 먹고 쌀밥이 별식인 두 늙은이, 자신과는 생각이 다르고, 마음도 이미 늙었고, 고요하고, 자신과 다른 길을 걷고 있는 이 두 늙은이의 오두막에서 살아야 한다고 강요하고 있는 게 아닐까?"

당황한 싯다르타가 고개를 떨구었다. 조용히 그가 물었다. "어르신은 어떻게 생각하십니까? 제가 어떻게 해야 합니까?"

그러자 바수데바가 말했다. "아이를 도시로 보내게. 어머니가 살던 집으로 보내게. 그곳에는 아직 하인들이 있을 것이니 그들에게 아이를 넘겨주게. 그곳에 아무도 없다면 그를 선생님에게 데려다주게. 가르침 때문이 아니라 그가 다른 소년들 그리고 소녀들과 함께 어울릴 수 있도록 그가 살던 세상으로 보내게. 자네는 한 번도 그런 생각을 해 보지 않았나?"

"어르신은 제 마음을 꿰뚫어 보고 계시는군요." 싯다르타가 슬프게 말했다. "저도 그런 생각을 종종 했습니다. 하지만 생각해 보십시오. 아직 마음이 풀리지 않은 그 아이를 제가 어떻게 이런 세상으로 보낼 수 있겠습니까? 그 아이가 사치스럽게 변하지 않을까요? 그 아이가 쾌락과 권력에 빠지지 않을까요? 그 아이가 아비가 저질렀던 모든 과오를 되풀이하지 않을까요? 혹시 그 아이가 윤회의 사슬에 얽매여 헤매지 않을까요?"

뱃사공의 웃음이 환하게 빛났다. 그는 싯다르타의 팔을 부드럽게 어루만지며 이렇게 말했다. "친구, 강에게 물어보게! 이 말을 듣고 강이 웃는 소리를 들어 보게! 자네는 아들이 어리석은 짓을 저지르지 않게 하려고, 정말로 어리석은 짓을 저지르려고 하는가? 과연 자네가 아들을 윤회의 사슬로부터 보호해 줄 수 있을까? 대체 어떻게? 가르침을 통해? 기도를 통해? 경고를 통해? 사랑하는 친구, 자네는 그 이야기를 완전히 잊은 것인가? 브라만의 아들 싯다르타의 교훈 넘치는 이야기를? 언젠가 자네가 이 자리에서 내게 털어놓았던 그 이야기를? 누가 사문 싯다르타를 윤회의 사슬로부터, 죄로부터, 탐욕으로부터, 어리석음으로부터 보호해 주었는가? 아버지의 경건함? 스승의 경고? 그 자신의 지식? 그 자신의 구도 행위가 보호해 주었는가? 어떤 아버지와 어떤 스승이 아이가 스스로 삶을 살고, 스스로 삶을 더럽히고, 스스로 죄를 짓고, 스스로 독한 술을 마시고, 스스로 자신의 길을 찾는 것을 막을 수 있겠는가? 사랑하는 친구여, 자네는 이 길이 누군가를 비껴갈 수 있다고 생각하는 것인가? 자네가 아들을 사랑하기 때문에, 아들에게 괴로움과 고통과 절망감을 주지 않기 위해 혹시 그럴 수 있다고 생각하고 있는가? 자네가 아들을 위해 열 번을 죽는다고 해도, 자네는 그 아이의 운명에서 그러한 괴로움과 고통과 절망감을 조금도 덜어 낼 수 없다네."

그때까지 바수데바는 이렇게 말을 많이 한 적이 없었다. 싯다르타는 바수데바에게 공손한 태도로 감사하다고 했고, 속상해하며 오두막으로 갔지만 오랫동안 잠을 이루지 못했다. 그때까지 바수데바는 자신이 생각해 본 적이 없고 알지 못하는 것에 대해서는 그에게 아무 말도 하지 않았었다. 바수데바는 그가 그렇게 할 수 없다는 것을 알았다. 그러한 앎보다 아들에 대한 그의 사랑과 애정 그리고 아들을 잃을지도 모른다는 두려움이 더 컸다. 그가 무언가에 이토록 마음을 빼앗겨 본 적이 있었던가? 그가 누군가를 이토록 맹목적으로 헛되이 사랑하며 그럼에도 행복해한 적이 있었던가?

싯다르타는 친구의 충고를 따를 수 없었고 아들을 포기할 수 없었다. 그는 아들이 자신에게 명령하도록, 자신을 무시하도록 내버려두었다. 그는 침묵하며 기다렸고, 매일 다정함이라는 무언의 투쟁과 인내라는 소리 없는 전쟁을 시작했다. 바수데바도 그걸 알고 있으면서도 다정하고 관대하게 침묵하며 기다렸다. 싯다르타와 바수데바는 인내의 대가였다.

언젠가 아이의 얼굴에서 카말라의 모습이 떠올랐다. 싯다르타는 오래전 젊은이였을 때 카말라가 자신에게 했던 말이 불현듯 기억났다. "당신은 어떤 사람도 사랑하지 않을 거예요." 카말라가 그에게 이렇게 말했었다. 싯다르타는 그녀의 말에 동의했었고 자신을 별에, 어린아이와 같은 사람들을 떨어지는 나뭇잎에 비유했었지만, 그 말에 비난도 담겨 있다는 걸 느꼈었다. 사실 그는 단 한 번도 다른 누군가에게 푹 빠질 수도, 자신을 희생할 수도 없었고, 자신을 잃어 본 적도, 다른 누군가를 사랑한다는 어리석은 짓을 저지른 적도 없었다. 그는 한 번도 그렇게 할 수 없었다. 당시 그에게 이것은 어린아이와 같은 사람과 자신을 구분하는 가장 큰 차이점이었기 때문이었다. 하지만 이제 아들이 있는 지금, 싯다르타 역시 한 사람 때문에 괴로워하고, 한 사람을 사랑하고, 사랑에 빠지고, 사랑 때문에 바보가 되는 어린아이와 같은 사람이 되고 말았다. 이제야 그도 생에서 단 한 번 이런 가장 강렬하고 기이한 열정을 느꼈고, 이런 열정에 괴로웠고, 이런 열정이 고통스러우면서도 행복했고, 조금씩 새로워졌고 조금씩 풍성해졌다.

그는 아들에 대한 이런 사랑, 이런 맹목적인 사랑이 열정이며 뭔가 아주 인간적인 것이고, 이것이 윤회이고, 흐릿한 샘, 어두운 물이라는 것을 제대로 느끼고 있었다. 이와 동시에 그는 이런 열정이 무가치하지 않고 필요한 것이며 자신만의 고유한 본질에서 나오는 것이라고 느꼈다. 그래서 이러한 즐거움도 보상받고, 이러한 고통도 맛보고, 이러한 어리석은 짓도 저지르려고 했다.

아들은 싯다르타가 어리석은 짓을 저지르고, 자신의 마음을 얻기 위해 애쓰고, 자신이 매일 부리는 변덕에 굴복하게 만들었다. 아버지라는 사람은 자신의 환심을 살 만한 것이나 자신이 겁낼 만한 것을 아무것도 가지고 있지 않았다. 아버지라는 사람은 좋은 사람이었고, 훌륭하고 선량하고 온화한 사람이었고, 어쩌면 아주 경건한 사람일지도 몰랐고, 어쩌면 성자일지도 몰랐다. 하지만 이런 성품으로는 아들을 이길 수 없었다. 아들은 자신을 비참한 오두막에 가둬 두는 아버지라는 사람이 지루하기만 했다. 싯다르타는 아들의 무례한 행동에는 웃음으로, 욕설에는 다정함으로, 악의에 찬 행동에는 자비로움으로 대했다. 아들은 이 늙은 위선자의 계략을 증오했다. 아들은 차라리 아버지에게 위협을 받고 학대당하는 편이 훨씬 나을 거라고 생각했다.

어느 날이었다. 어린 싯다르타의 감정이 폭발했고 아버지에게 대놓고 반항을 했다. 그날 싯다르타는 아들에게 일거리를 주며, 나뭇가지를 모아 놓으라고 했었다. 하지만 아들은 오두막에서 나오지 않았다. 그는 고집을 피우며 울분을 터뜨렸고, 발로 바닥을 쾅쾅 찍어댔고, 주먹을 불끈 쥐고는 아버지의 면전에 대고 증오하고 경멸한다며 고함을 쳤다.

아들은 잔뜩 화가 나서 소리를 질렀다. "아버지가 직접 나뭇가지를 주워 오세요! 저는 아버지의 종이 아니에요. 아버지는 저를 때리지도 못하실 거고, 그럴 생각도 못 하실 거라는 걸 저도 알아요. 아버지가 경건함과 관용으로 저를 끈질기게 벌주고 굴욕감을 주려고 한다는 것도 알아요. 제가 아버지처럼 경건하고 온화하고 지혜로워지길 원한다는 것도 안다고요! 잘 들으세요! 저는 아버지를 괴롭힐 거예요. 아버지처럼 되느니 차라리 노상강도나 살인자가 되고 지옥에 떨어지는 게 낫다고요! 당신이 미워요. 당신은 내 아버지가 아니라고요. 당신이 열 번이나 어머니의 잠자리 상대였다고 해도 말이에요!"

아들의 마음은 분노와 원망으로 가득 차 있었고, 아버지에 대한 독하고 악의에 가득 찬 말들이 수백 배로 쏟아졌다. 그러고 나서 아들은 밖으로 뛰쳐나갔고 늦은 저녁이 되어서야 집으로 돌아왔다.

하지만 다음 날 아침 아들은 사라졌다. 두 사람이 뱃삯으로 받은 동전과 은화를 보관해 두었던 두 가지 색 인피로 엮은 작은 바구니도 함께 사라졌다. 배도 사라졌는데, 싯다르타는 맞은편 강가에 배가 있는 것을 보았다. 아들은 도망을 간 것이었다.

전날 아들이 욕설을 퍼부어 댄 후 비참함에 떨던 싯다르타가 말했다. "제가 아이를 쫓아가 봐야겠습니다. 아이는 혼자 숲을 다닐 수 없어요. 분명 죽을 거예요. 바수데바, 뗏목을 만들어 강을 건넙시다."

그러자 바수데바가 말했다. "뗏목을 만들어 타고, 자네 아들이 훔쳐 갔던 우리 배를 가져오세. 하지만 친구, 그 아이는 그냥 가도록 내버려두게. 자네 아들은 이제 어린애가 아니야. 스스로 갈 길을 찾을 수 있어. 그 아이는 도시로 가는 길을 찾을 거고 그게 옳은 일이네. 그 아이는 자네가 미뤄 놓았던 일을 하고 있는 것이네. 그는 자신을 돌볼 것이고, 자신의 길을 가는 것이네. 싯다르타, 자네가 괴로우리라는 것도 알고 있네. 지금 자네는 고통스럽겠지만, 사람들이 이러한 고통에 대해 웃고 싶은 만큼 머지않아 자네도 이 고통을 떠올리며 웃게 될 것이네."

싯다르타는 대답하지 않았다. 그는 손에 이미 도끼를 들고 있었고, 대나무로 뗏목을 만들기 시작했다. 바수데바는 풀잎으로 나무줄기들을 엮는 것을 도왔다. 그러고 나서 두 사람은 뗏목을 타고 강 건너를 향해서 갔고, 한참 후에야 맞은편 강가에 도착해 뗏목을 강으로 끌어올렸다.

"도끼를 왜 가져 오셨습니까?" 싯다르타가 물었다.

그러자 바수데바가 답했다. "우리 배의 노가 없어졌을지도 모르지 않소."

하지만 싯다르타는 친구가 무슨 생각을 하고 있는지 알았다. 바수데바는 싯다르타의 아들이 복수를 하기 위해서나 그들이 자신을 쫓아오지 못하도록 노를 내던졌거나 부숴 버렸을지도 모른다고 생각하고 있었다. 정말로 배에는 노가 없었다. 바수데바는 배의 바닥을 가리켰다. 그는 뭔가 하고 싶은 말이 있는 듯 웃으면서 친구를 쳐다보았다. '자네 아들이 무슨 말을 하려는지 보이지 않는가? 자네가 쫓아오길 바라지 않는 것도 보이지 않는가?' 물론 그는 이것을 말로 하지 않았다. 그는 노를 새로 만들기 시작했다. 싯다르타는 도망간 아들을 찾기 위해 그에게 작별 인사를 했다. 바수데바는 싯다르타를 붙잡지 않았다.

숲을 뒤지며 돌아다닌 지 한참 후에야 싯다르타는 아들을 찾아봐야 소용이 없다는 생각이 들었다. 싯다르타는 아들이 벌써 멀리 떠나서 이미 도시에 도착했거나, 아직 거리를 헤매고 있다면 아들을 쫓고 있는 자신을 피해 숨어 있을지 모른다고 생각했다. 이렇게 계속 생각을 하다가, 그는 자신이 아들을 걱정하고 있지 않고 있음을, 아들이 죽지 않을 것이고 숲에서 위험에 빠지지 않으리라는 것을 가장 내밀한 곳에서 알고 있음을 깨달았다. 그럼에도 그는 쉬지 않고 걸었다. 이제는 아들을 구하겠다는 마음이 아니라, 어쩌면 아들을 다시 한 번 볼 수 있을지 모른다는 간절한 바람으로 말이다. 이렇게 그는 도시 앞까지 갔다.

도시의 넓은 길에 도달했을 때 그는 아름다운 쾌락의 숲 입구에 멈춰 섰다. 이 숲은 한때 카말라의 소유였고 가마를 타고 있던 그녀를 처음 만났던 곳이었다. 그의 마음속에 당시의 기억들이 떠올랐다. 그는 수염이 덥수룩하고, 헐벗고, 머리에는 먼지가 덕지덕지 붙어 있는 젊은 사문이 서 있는 모습을 다시 보았다. 싯다르타는 오랫동안 서 있었다. 열려 있는 문을 통해 숲을 들여다보았고, 두건이 달린 노란 수도복을 입고 있는 승려들이 아름다운 나무 아래로 다니는 모습을 보았다.

그는 오랫동안 깊은 생각에 잠겨 지난날의 장면들을 보며,

지난날 자신의 이야기들을 들으며 서 있었다. 그는 자신이 카말라에게 어떤 대접을 받았는지, 그녀에게 첫 입맞춤을 어떻게 받았는지, 자신이 브라만임을 얼마나 오만한 태도로 경멸했는지, 자신이 속세의 삶을 얼마나 갈망하고 의기양양하게 시작했는지 똑똑히 보았다. 그는 카마스바미를 보았고, 하인들을, 연회를, 주사위 내기를 하는 자들을, 악사들을, 새장 속에 있는 카말라의 명금을 보았다. 이 모든 것이 다시 한번 살아났고, 윤회가 숨 쉬고 있었고, 다시 한번 늙고 지쳤고, 다시 한번 역겨움을 느꼈고, 다시 한번 자신을 소멸시키고 싶다는 소망을 느꼈고, 다시 한번 성스러운 옴을 살려 냈다.

싯다르타는 오랫동안 이 숲의 문 앞에 서 있다가 자신을 이곳으로 이끌었던 이러한 갈망이 어리석었다는 것을, 자신이 아들을 도와줄 수 없다는 것을, 아들이 자신에게 의존해서는 안 된다는 것을 깨달았다. 그는 자신에게서 달아난 아들에 대한 사랑을 마음속 깊이 새겨진 상처처럼 느꼈다. 이와 동시에 그는 사랑을 헤집기 위해 이 상처가 그에게 주어진 게 아니었음을, 이 상처가 꽃을 피우고 빛나야 함을 느꼈다.

이 시간에 대한 상처는 아직 꽃을 피우지 않았고, 아직 빛나지 않았고, 그를 슬프게 했다. 여기까지 그와 달아난 아들을 위해 뒤따라왔던 곳, 목표로 했던 그 자리에는 이제 공허함만 남았다. 슬픔에 잠긴 채 그는 앉아서 마음속에서 무언가 죽어 가고 있음을 느꼈고, 공허함을 느꼈고, 더 이상 기쁨도 목표도 없음을 알았다. 그는 깊은 생각에 잠긴 채 앉아서 기다렸다. 그는 강에게서 이런 것들을 배웠다. 기다림, 인내, 귀담아듣기. 그는 앉아서 도시의 먼지 속에서 무슨 소리가 들리는지 귀 기울였고, 얼마나 지쳐 있고 슬픈지 자신의 마음에 귀 기울였고 음성을 기다렸다. 그는 몇 시간을 귀 기울이며 웅크리고 앉아 있었지만 더 이상 아무 광경도 보이지 않았다. 그는 공허함에 빠졌고, 아무 길도 보이지 않는 상태에서 그냥 주저앉아 있었다. 상처가 화끈거리며 타오르는 것을 느꼈을 때 그는 소리 없이 옴을 말했고, 옴으로 자신을 가득 채웠다. 이 숲의 승려들이 그를 쳐다보았다. 그는 몇 시간 동안 웅크리고 앉아 있었기 때문에 그의 잿빛 머리에 먼지가 덕지덕지 달라붙어 있었다. 승려들 중 한 명이 와서 그에게 바나나 두 개를 놓고 갔다. 하지만 노인은 그를 보지 못했다.

이렇게 꼼짝 않고 있던 그의 어깨를 어루만지며 깨우는 손길이 있었다. 그는 부드럽고도 수줍은 이 손길이 누구의 것인지 깨닫자마자 바로 정신을 차렸다. 그는 일어나서 나중에 자신을 뒤따라온 바수데바에게 인사했다. 바수데바의 다정한 얼굴을 보았을 때, 순수한 웃음이 가득 채워진 주름처럼 자그맣고 유쾌한 눈을 바라보았을 때 그도 웃었다. 바나나가 앞에 놓여 있는 것을 본 그는 바수데바에게 하나를 주고 하나는 자신이 먹었다. 그러고 나서 그는 바수데바와 함께 산으로 돌아갔고 나룻배로 갔다. 아무도 그에게 오늘 무슨 일이 일어났는지 말하지 않았다. 아무도 소년의 이름을 입에 올리지 않았고, 아무도 그가 도망친 것에 대해 말하지 않았고, 아무도 상처에 대해 말하지 않았다. 싯다르타는 오두막의 침상에 누웠다. 잠시 후 바수데바가 그에게 야자유를 주려고 왔을 때 그는 이미 잠에 빠져 있었다.

옴

상처는 오랫동안 타는 듯이 아팠다. 싯다르타가 강을 건네줄 때 몇몇 여행자들은 아들이나 딸과 함께였다. 그는 이들을 보면서 부러워했고 이런 생각을 했다. '이렇게 많고 많은 사람이 이렇게 가장 좋은 복을 누리고 있구나. 왜 나만 그럴 수 없을까? 악한 사람들도, 도둑들도, 강도들도 자식이 있고 자식들의 사랑을 받는데, 나만 그렇지 못하는구나.' 그는 그렇게 단순하고 그렇게 분별력 없는 생각을 하게 되었고, 어린아이 같은 사람들을 닮아 갔다.

이제 그는 사람들을 예전과 다른 눈으로, 총명함과 오만함을 덜어 낸 대신 더 따뜻하고, 더 많은 호기심과 더 많은 관심을 갖고 보았다. 그는 어린아이 같은 사람들, 상인들, 무사들, 여인네들처럼 평범한 여행자들이 강을 건널 때 예전처럼 이런 사람들이 낯설게 느껴지지 않았다. 그는 이들을 이해했다. 이제야 그는 이해했고, 생각과 통찰이 아닌 오직 충동과 소망에 이끌리는 삶을 이들과 함께 나누었고, 이들처럼 느꼈다. 그는 완성에 가까워지고 있음에도, 자신의 마지막 상처를 붙들고 있음에도, 이런 어린아이 같은 사람들이 자신의 형제처럼 여겨졌고, 그들의 오만함과 탐욕과 어리석음을 하찮게 여겼던 마음이 사라지며 그들이 이해되었고, 사랑스러워졌고 심지어 존경스러워졌다. 아이에 대한 어머니의 맹목적인 사랑, 자만심 강한 아버지의 외아들에 대한 맹목적인 자부심, 젊고 허영심 많은 여자에게 눈을 떼지 못하는 남자들의 시선과 귀금속에 맹목적으로 집착하는 여자들, 이런 모든 갈등, 이런 모든 어린아이와 같은 행동들, 이런 모든 단순하고 어리석지만 무시무시하게 강하고, 강하게 살아 있고, 강하게 밀고 나가는 충동과 열망은 싯다르타에게 더 이상 어린아이 같은 행동이 아니었다. 그는 이들 때문에 사람들이 살아가는 모습을 보았고, 이들 때문에 숱하게 많은 일을 해내고, 여행하고, 전쟁을 치르고, 숱하게 많은 일을 괴로워하고 참아내는 것을 보았다. 이제 그는 이들을 사랑할 수 있었고, 이들의 모든 열정과 모든 행위에서 삶, 살아 있는 것, 파괴할 수 없는 것을, 브라만을 보았다. 이런 사람들의 맹목적인 신의, 맹목적인 강인함과 끈질김은 사랑스럽고 존경스러웠다. 이들에게는 아무것도 부족하지 않았다. 지식이 있고 생각하는 자도 사소한 일, 지극히 하찮은 일에서는 이들을 앞서지 못했다. 모든 삶이 합일의 상태에 있다는 생각, 통찰이 그것이었다. 싯다르타는 심지어 많은 시간을 이러한 앎, 이러한 사유를 그렇게 높이 평가할 가치가 있는지, 이러한 생각이 사유하는 자, 사유하는 어린아이 같은 자에게서 어린아이와 같은 행동으로 나타나는 게 아닐까 의심했다. 다른 모든 것에서 세상 사람들은 현자와 동등했고, 종종 그들보다 훨씬 우월했다. 자신에게 필요한 것을 위해서라면 끈질기고 단호하게 행동하는 수많은 순간에 짐승이 인간보다 우월해 보이듯이 말이다.

싯다르타에게 이러한 깨달음과 원래 지혜란 무엇인지, 그가 오랫동안 구하고 있던 목표가 무엇인지 그것에 대한 앎이 서서히 꽃을 피우고 무르익어 갔다. 이것은 모든 순간 삶의 한가운데에서 합일의 사유를 하고, 합일을 느끼고, 합일을 들이쉬기 위한 영혼의 준비 자세이자 능력이자 비밀스러운 기술이었다. 이것은 서서히 그의 안에서 꽃을 피웠고, 바수데바의 늙고 어린아이 같은 얼굴에서 다시 비추었다. 조화, 세상이 영원히 완전함에 대한 앎, 웃음, 합일이 바로 그것이었다.

하지만 싯다르타는 자신의 아들을 생각하면 그리움과 쓰라림이 몰려와 여전히 그 상처가 타는 듯이 아팠고, 마음속으로 자식에 대한 사랑과 애정을 가꿔 나갔고, 고통을 삭이며, 사랑한다는 이유로 할 수 있는 온갖 어리석은 짓을 저질렀다. 이 불꽃은 저절로 사그라지지 않았다.

그러던 어느 날 상처가 활활 타오르고 있을 때 싯다르타는 그리움에 이끌려 강을 건넜다. 도시로 들어가 아들을 찾아볼 작정이었다. 강은 유유하고 잔잔히 흐르고 있었고 날이 건조한 시기였다. 그런데 강의 음성이 묘하게 울렸다. 강은 웃고 있었다! 분명 강은 웃고 있었다. 강은 밝고 투명한 소리로 늙은 뱃사공을 비웃고 있었다. 싯다르타는 멈춰 섰다. 그는 소리가 더 잘 들리도록 몸을 구부렸다. 잔잔하게 흐르는 강물에 그의 얼굴이 비쳤다. 강물에 비친 그의 얼굴에는 무언가 떠오르는 것, 그가 잊고 있던 것이 있었다. 그는 정신을 차리고 기억을 떠올리다가 이것이 무엇인지 알아냈다. 이 얼굴은 한때 그가 알고 있었고 사랑하면서 두려워했던 다른 누군가의 형상이었다. 브라만이었던 아버지의 얼굴이었다. 오래전 소년이었던 자신이 아버지에게 고행자의 길을 가게 해 달라고 어떻게 고집을 피웠는지, 아버지와 어떻게 이별했는지, 아버지를 어떻게 떠났고, 그 후로 아버지에게 돌아가지 않은 것이 떠올랐다. 지금의 그가 아들 때문에 괴로워하듯이 아버지도 그 때문에 괴로워하지 않았을까? 그의 아버지는 이미 오래전에 아들의 얼굴을 다시 보지 못하고 홀로 세상을 떠나지 않았을까? 자신에게도 같은 운명이 기다리고 있는 것일까? 이것은 희극, 기이하고 바보 같은 일, 이러한 반복, 돌고 도는 운명이라는 원에 갇혀 이렇게 흘러가는 것이 아니었을까?

강은 웃고 있었다. 그래, 그런 것이었다. 끝날 때까지 괴로워하고 해결되지 않는 모든 것은 다시 돌아왔다. 하지만 싯다르타는 아버지를 생각하며, 아들을 생각하며, 강의 비웃음을 들으며, 자기 자신과 싸우며, 절망으로 기울어 가다가 점점 더 기울어져, 자기 자신과 온 세상에 대해 크게 웃으며 다시 배에 올랐고 오두막으로 돌아갔다. 그렇다! 상처는 아직 꽃을 피우지 않았고, 그의 마음은 여전히 운명을 거부하고 있었고, 아직은 괴로움에서 벗어났다는 유쾌함과 승리감으로 빛나지 않고 있었다. 물론 그는 희망을 느꼈다. 오두막으로 돌아갔을 때 그는 바수데바에게 전부 터놓고, 귀담아듣기의 대가인 그에게 모든 것을 보여 주고, 모든 것을 말하고 싶다는 감정을 주체할 수 없었다.

바수데바는 오두막에 앉아서 바구니를 엮고 있었다. 그는 이제 노를 저을 수 없었다. 그의 눈이 점점 어두워지고 있었기 때문이었다. 눈은 물론이고 손과 팔도 말을 듣지 않았다. 그래도 그의 얼굴에는 변함없이 기쁨과 유쾌함과 친절함이 꽃을 피우고 있었다.

싯다르타는 백발노인이 된 바수데바에 옆에 앉아 천천히 이야기를 풀어놓기 시작했다. 지금 그는 두 사람이 한 번도 서로 나눠 본 적이 없던 것에 대해, 도시에 갔던 일과 타는 듯이 아팠던 상처에 대해, 행복한 아버지들을 보는 순간 느꼈던 질투심에 대해, 그러한 소망을 품는 것이 어리석음을 안다는 것에 대해, 그러한 소망을 억누르기 위한 싸움이 헛되었다는 것에 대해 솔직하게 털어놓았다. 그는 모든 것을 이야기했다. 그는 말하기 난처한 것들까지 모든 것을 말하고 보여 주고 이야기할 수 있었다. 그는 자신의 상처를 드러냈고, 오늘 자신이 도망치려 했던 것, 도시를 떠돌아다니기 위한 이 어린아이 같은 도피 행위를 위해 자신이 어떻게 강을 건넜는지, 강이 어떻게 비웃었는지 이야기했다.

그가 이런 이야기를 하는 동안, 한참을 이야기하는 동안, 바수데바가 고요한 얼굴로 그의 이야기에 귀 기울이는 동안, 싯다르타는 자신이 전에 느꼈던 것보다, 자신이 느끼는 것보다 바수데바가 자신의 이야기에 더 몰두하고 귀담아듣고 있다는 걸 느꼈다. 그는 자신의 고통과 불안이 저 너머로 흘러가고, 자신의 은밀한 소망이 저 너머로 흘러가고, 그곳에서 다시 그를 향해 다가오는 것처럼 느꼈다. 이렇게 자신의 이야기를 귀담아 들어주는 사람에게 자신을 보여 주는 것은 마치 몸이 차가워지면서 강과 하나가 될 때까지 강에서 씻는 것처럼 느껴졌다. 싯다르타는 계속하여 자신의 이야기를 했고, 계속하여 고백하고 참회했다. 그러는 동안 그는 자신의 앞에 있는 존재가 더 이상 바수데바가 아니었음을, 자신의 이야기를 귀담아듣고 있는 사람이 더 이상 인간이 아니었음을, 이렇게 미동도 없이 자신의 말에 귀 기울여 준 사람이 마치 나무가 빗물을 빨아들이듯 자신의 참회를 받아들이고 있었음을, 이렇게 미동도 하지 않는 존재가 강 그 자체였음을, 이러한 존재가 신 그 자체였음을, 이러한 존재가 영원 그 자체였음을 점점 더 강하게 느꼈다. 싯다르타는 자신과 자신의 상처에 대한 생각을 멈췄을 때 바수데바의 본질이 변화되었음을 깨달았고, 그가 이러한 변화를 느끼며 그 안으로 파고들수록 오히려 놀라움이 덜했고, 모든 것이 정상이고 자연스러운 일임을, 바수데바는 이미 오래전에 거의 그러한 상태에 있었고 자신만 이 사실을 전혀 깨닫지 못했음을, 자기 자신도 그러한 상태와 거의 다르지 않음을 더 절실히 깨달았다. 이제 그는 사람들이 신들을 바라보듯 자신이 늙은 바수데바를 보고 있음을, 이 상태가 영원히 지속될 수 없음을 느꼈다. 그는 마음속으로 바수데바와 작별을 준비했다. 그러면서 이야기를 계속 이어 나갔다.

싯다르타의 이야기가 끝났을 때, 바수데바는 다정하지만 살짝 흐릿해진 눈빛으로 싯다르타를 물끄러미 바라보며 말없이 그에게 사랑과 유쾌함, 이해와 앎의 눈빛을 보냈다. 바수데바는 싯다르타의 손을 잡고 강가로 데려가 그와 함께 앉았고 강을 바라보며 웃었다.

그가 말했다. "자네도 강이 웃는 소리를 들었을 것이네. 하지만 자네는 아직 강의 모든 소리를 들은 게 아니야. 함께 들어 보세. 더 많이 들을 수 있을 것이네."

두 사람은 강의 소리에 귀 기울였다. 강은 다양한 소리로 노래를 부르고 있었다. 싯다르타는 물을 바라보았고, 찰랑거리는 물속에 형상들이 나타났다. 외로이 아들을 애도하는 아버지의 모습이 나타났고, 외로이 있는 자신의 모습이 나타났다. 그 역시 멀리 있는 아들에 대한 그리움이라는 굴레에 얽매여 있었다. 그리고 아들의 모습이 나타났다. 아들 역시 외로이, 젊은이의 열망이라는 활활 타오르는 길을 누구나 저마다 자신의 목표를 향해 달리듯이, 저마다 자신의 목표에 사로잡혀 있듯이, 저마다 아픔이 있듯이 탐욕스럽게 질주하고 있었다. 강은 이런 아픔을 한목소리로 노래했고, 그리워하며 노래했고, 그리워하며 자신의 목표를 향해 흘러갔다. 강의 음성은 고통스럽게 울렸다.

"들리나?" 바수데바가 무언의 눈빛으로 물었다. 싯다르타가 고개를 끄덕였다.

"좀 더 귀 기울여 보게!" 바수데바가 속삭였다.

싯다르타는 좀 더 귀 기울여 보려고 안간힘을 썼다. 아버지의 형상과 자신의 형상과 아들의 형상이 서로 뒤범벅이 되어 흘러가고 있었다. 카말라의 모습도 나타났다가 흘러 녹아내렸고, 고빈다의 모습과 다른 모습들도 서로 뒤범벅이 되어 흘러갔다. 모든 것이 강이 되어 그리워하고, 열망하고, 괴로워하며 목표를 향해 달려가고 있었다. 강의 음성은 그리움과 타오르는 듯한 아픔과 멈출 수 없는 욕망으로 가득 채워져 있었다. 강은 목표를 향해 달렸고, 싯다르타는 그와 그가 사랑했던 것들과 언젠가 자신이 보았던 모든 사람으로 이루어진 강이 서둘러 흘러가는 모습을 보았다. 모든 물결과 물이 괴로워하며 폭포, 호수, 급류, 바다 등 저마다 수많은 목표를 향해 서둘러 가고 있었고, 각자의 목표에 도달하면 새로운 것이 뒤따랐다. 물은 증기가 되어 하늘로 올라갔고, 비가 되어 하늘에서 땅으로 내려왔고, 샘이 되었고, 개울이 되었고, 강이 되었고, 새로운 존재가 되기 위해 노력했고, 새로운 것으로 흘러갔다. 하지만 그리운 음성은 변하고 있었다. 이 음성은 고뇌에 가득 차 있고 무언가를 찾는 것처럼 들렸다. 다른 음성들이, 기쁨과 슬픔의 음성, 선하고 악한 음성, 웃고 슬퍼하는 음성, 수백 가지, 수천 가지 음성들이 서로 겹쳐졌다.

싯다르타는 귀담아들었다. 그는 이제 완전히 귀담아들을 줄 아는 자가 되었다. 그는 완전히 비워 낸 상태에서 완전히 흡수하며 귀담아듣기에 몰입했고, 끝까지 귀담아듣는 법을 배웠다고 느꼈다. 그는 가끔 이 모든 것, 강이 지닌 이러한 많은 음성을 들었지만 오늘은 새롭게 들렸다. 그는 더 이상 많은 음성의 차이를, 기뻐하는 음성과 울고 있는 음성, 아이의 음성과 남자의 음성의 차이를 구분할 수 없었다. 모든 음성은 서로 긴밀하게 결합되어 있었다. 그리움의 한탄, 아는 자의 웃음, 분노의 외침, 애쓰는 자의 신음, 모든 것이 하나였다. 모든 것은 서로 얽히고 엮여 있었고 수천 번 짜 맞춰졌다. 모든 음성, 모든 목표, 모든 그리움, 모든 괴로움, 모든 즐거움, 모든 선한 것과 악한 것이 공존하는 곳이 세상이었다. 어떤 사건이 일어나는 강에서 모든 것은 함께 있었고, 삶의 음악이었다. 싯다르타가 주의를 기울여 이 강의 소리를, 수천 가지 음성을 지닌 노래를 귀 기울여 들었을 때, 그가 괴로움이 아닌 웃음소리를 들었을 때, 그의 영혼이 어떤 한 음성과 연결되지 않고 그의 자아와 함께 그 안으로 들어가지 않은 채 모든 음성을 듣고, 합일의 소리를 들었을 때, 단 하나의 언어로 이루어진 수천 가지 음성의 위대한 노래가 나타났다. 그것은 옴이라 불리는 것, 완성이었다.

"들어 보게." 바수데바의 시선이 다시 물었다.

바수데바의 웃음이 환히 빛났고, 마치 강의 모든 음성 위로 옴이 둥둥 떠다니듯 늙어 버린 얼굴의 모든 주름 위로 웃음이 반짝이며 둥둥 떠다녔다. 친구의 얼굴을 바라보았을 때 바수데바의 웃음은 환히 빛났고, 싯다르타의 얼굴도 그와 똑같은 웃음으로 환히 빛났다. 싯다르타의 상처가 꽃을 피웠고, 그의 아픔에서 빛이 났고, 그의 자아가 합일로 흘러 들어갔다.

이 순간에 싯다르타는 자신의 운명과 싸우기를 멈췄고, 괴로워하기를 멈췄다. 그의 얼굴에는 더 이상 어떤 의지에도 맞서지 않고, 완성이 무엇인지 알고, 사건들의 강과 삶의 흐름에 일치하고, 동정과 즐거움으로 가득 차며, 이러한 흐름에 온전히 내맡기고, 합일에 속하는 앎에서 오는 유쾌함이 꽃을 피웠다.

바수데바는 강가에 앉아 있다가 일어났을 때, 싯다르타의 눈을 보았을 때, 앎에서 오는 유쾌함으로 눈빛이 빛나는 것을 보았을 때 조용히 싯다르타의 어깨를 조심스럽고 부드럽게 손으로 쓰다듬으며 말했다. "사랑하는 친구, 나는 이런 시간을 기다려 왔네. 이제 때가 되었으니 가려고 하네. 오랫동안 나는 이 순간을 기다려 왔고, 오랫동안 뱃사공 바수데바로 살았지. 이 정도면 충분해. 오두막이여 안녕, 강이여 안녕, 싯다르타여 안녕!"

싯다르타는 이별을 고하는 바수데바에게 고개 숙여 인사했다.

그는 나지막이 말했다. "이미 알고 있었습니다. 이제 어르신은 숲으로 가시는 겁니까?"

바수데바가 환히 웃으며 대답했다. "숲으로 가려 하오. 나는 합일로 가려 하오."

환히 웃으며 바수데바는 떠났다. 싯다르타는 바수데바를 배웅했다. 마음 깊은 곳에서 충만하게 느끼는 기쁨과 진심을 가득 담아 그는 친구를 배웅했다. 그의 발걸음에는 평안이 넘쳤고, 그의 얼굴은 반짝반짝 빛났고, 그의 형상은 빛으로 가득했다.

고빈다

고빈다는 창녀 카말라가 가우타마의 제자들에게 바쳤던 쾌락의 정원에 머무르며 다른 승려들과 함께 휴식기를 보낸 적이 있었다. 그러던 중 이 정원에서 멀리 떨어진 강가에 많은 사람이 현자라고 여기는 늙은 뱃사공이 있다는 이야기를 들었다. 고빈다는 계속 길을 가다가, 이 뱃사공을 만나 보고 싶은 마음에 나룻배를 타러 가는 길을 택했다. 그는 평생을 법도에 따라 살아왔고, 겸손함으로 자신보다 어린 승려들로부터 존경을 받아 왔지만 그의 마음에서는 불안과 구도에 대한 열정이 사그라지지 않았다.

강가에 이르렀을 때 고빈다는 그 노인에게 강을 건너게 해 달라고 부탁했다. 두 사람이 건너편에 도착하여 배에서 내릴 때 그는 노인에게 말을 걸었다. "당신은 우리 승려들과 순례자들에게 좋은 일을 많이 하고 계시는군요. 당신은 우리 중 많은 사람이 강을 건널 수 있게 해 주었습니다. 뱃사공 양반, 혹시 당신도 정도正道를 찾고 있는 구도자입니까?"

싯다르타가 늙어서 주름진 눈으로 웃으며 말했다. "자신을 구도자라고 하시는군요. 귀하신 분이여, 당신은 이미 높은 경지에 이르셨는데 아직도 가우타마의 승려들이 착용하는 법복을 입고 있습니까?"

"저는 구도의 길을 걷기에 나이가 많습니다만 아직 멈추지 않았습니다. 저는 결코 구도를 멈추지 않을 것입니다. 이것은 저의 숙명입니다. 제가 보기에 당신은 이미 구도의 완성 단계에 이른 듯합니다. 존경스러운 분이시여, 제게 한 말씀 해 주시겠습니까?"

싯다르타가 말했다. "귀하신 분이여, 제가 당신에게 무슨 말을 할 수 있겠습니까? 당신이 너무 많이 구하려 한다는 것을 말입니까? 당신 스스로 구하기 전에 찾을 수 없으리라는 것을 말입니까?"

"무슨 의미인지요?" 고빈다가 물었다.

그러자 싯다르타가 말했다. "구하는 자는 이미 구해진 것만 생각하기 때문에, 이미 목표가 있기 때문에, 목표에 사로잡혀 있기 때문에 그의 눈에는 오로지 자신이 구하는 것만 보이고, 아무것도 찾을 수 없고, 자기 안에 그 무엇도 들어오는 것을 허용하지 않기 십상입니다. 반면 찾기란 자유롭게 존재하고, 열린 상태로 두고, 어떠한 목표도 갖지 않는 것을 의미합니다. 귀하신 분이여, 실제로 당신은 구도자인지 모릅니다. 당신은 목표를 향해 정진하며 자신의 눈앞 가까이 있는 많은 것들을 보지 않았으니까요."

"무슨 말씀을 하시는지 완전히 이해하지 못했습니다. 무슨 말씀을 하시려는 것입니까?" 고빈다가 되물었다.

그러자 싯다르타가 말했다. "귀하신 분이여, 여러 해 전에 당신은 이 강가에 온 적이 있습니다. 그때 당신은 잠을 자고 있던 한 남자를 발견했고 그의 곁에 앉아 잠자리를 지켜 주었습니다. 고빈다, 당신은 잠을 자고 있던 남자가 누구인지 알아보지 못했습니다."

마치 마법에라도 걸린 듯 깜짝 놀란 그 승려는 뱃사공의 눈을 쳐다보았다.

수줍은 음성으로 고빈다가 물었다. "자네, 싯다르타였구먼? 이번에도 자네를 못 알아보다니! 싯다르타, 정말 반갑네. 자네를 다시 볼 수 있게 되어 정말 기쁘네! 그런데 친구, 자네는 정말 많이 변했어. 이제 뱃사공이 된 것인가?"

싯다르타가 다정하게 웃으며 말했다. "그래, 뱃사공이 되었네. 고빈다, 많은 사람은 변하고, 온갖 종류의 옷을 입기 마련이지. 나도 그런 사람 가운데 하나이네. 사랑하는 내 친구 고빈다, 환영하네. 오늘밤 내 오두막에서 지내도록 하게."

밤에 고빈다는 오두막에 머물렀고 한때 바수데바가 쓰던

침상에서 잠을 잤다. 그는 젊은 시절의 친구에게 많은 것을 물어보았고, 싯다르타는 그에게 자신이 지나온 삶을 이야기해야 했다.

다음 날 아침 당일 걷기 수행을 시작할 즈음 고빈다는 주저하지 않고 말했다. "싯다르타, 내가 내 길을 계속해서 가기 전에 한 가지만 물어봐도 되겠나? 자네는 가르침을 받고 있는가? 자네가 따르고 있거나, 자네가 살아가고 바른 행위를 하는 데 도움을 주는 믿음이나 지식이 있는가?"

싯다르타가 대답했다. "사랑하는 친구, 자네도 알다시피 나는 젊은 시절에 이미 숲에서 참회자들과 함께 살았을 때 가르침과 스승을 불신했고 이런 것들로부터 등을 돌렸네. 지금도 그 상태 그대로일세. 그 후로도 나에게는 많은 스승이 있었지. 한동안 아름다운 창녀가 내 스승이었고, 부유한 상인이 내 스승이었고, 몇몇 주사위 놀이꾼들도 내 스승이었지. 방랑 중이던 붓다의 제자가 내 스승이 된 적도 있네. 내가 숲에서 잠들어 있을 때 그는 순례 중인데도 내 옆에 앉아 있었지. 나는 그에게서도 많은 것을 배웠어. 나는 그에게 고마워, 정말로 고마워하고 있네. 하지만 나는 여기 이 강에게서, 나보다 앞서 이곳에서 뱃사공의 삶을 살았던 바수데바에게서 가장 많은 것을 배웠네. 바수데바는 참으로 소박한 사람이었어. 그는 특별한 생각을 지닌 사람은 아니었지만 가우타마만큼이나 인간에게 필요한 것을 잘 알고 있었지. 그는 완벽한 사람, 성자였지."

그러자 고빈다가 말했다. "싯다르타, 내가 보기에 자네는 여전히 조소를 즐기는 경향이 있군. 나는 자네를 믿고 있고, 자네가 한 스승만 따르지 않는다는 것을 알고 있네. 자네만의 것, 자네 삶에 도움이 되는 가르침이나 특별한 생각, 특별한 깨달음을 찾은 건 아니라고 해도 정말 아무것도 없는 것인가? 자네가 이런 것들을 나에게 말해 줄 수 있다면 좋겠네."

싯다르타가 대답했다. "물론 나만의 생각이 있고, 나는 때때로 깨달음을 얻었지. 때로는 한 시간 혹은 온종일, 내 마음속으로 삶을 느끼듯 내 안의 앎을 느꼈지. 자네에게 이런 몇 가지 생각들을 전할 수는 있지만, 나에게도 이건 어려운 일이네. 고빈다, 잘 들어 보게. 내가 찾은 생각들 중 하나가 이것이네. 지혜는 전할 수 없다네. 현자가 전하려는 지혜는 항상 어리석어 보이지."

"농담하는 것인가?" 고빈다가 물었다.

"농담이 아니네. 내가 찾은 것을 말하고 있는 것이네. 지식은 전할 수 있지만 지혜는 전할 수 없지. 인간은 지혜를 찾을 수 있고, 지혜 가운데 살 수 있고, 지혜에 의지해 살 수 있고, 지혜의 경이로움으로 살 수 있네. 하지만 지혜를 말로 표현하거나 가르칠 수는 없지. 이건 내가 풋내기 적부터 때때로 어렴풋이 느껴 왔던 것이고, 내가 스승들을 떠난 이유이기도 하지. 고빈다, 내가 찾은 또 한 가지 생각이 있네. 자네는 또 이

것을 농담이나 어리석은 것이라고 여기겠지만, 이게 내가 할 수 있는 최고의 생각이라네. 진리의 정반대도 참이라는 것이지! 진리는 일방적일 때에만 말로 표현할 수 있고 말로 덮을 수 있네. 생각을 통해 생각되고 말을 통해 말해질 수 있는 모든 것은 일방적이지. 모든 것은 일방적이고, 모든 것은 반쪽짜리고, 모든 것은 전체, 한 바퀴, 합일을 이루지 못해. 그래서 불세존, 존귀한 분 가우타마가 속세에 대한 가르침을 선포할 때 속세를 윤회와 열반, 진리와 속임수, 번뇌와 해탈로 나눈 것이네. 인간은 다른 어떤 것도 할 수 없어. 가르침을 주려 하는 사람에게는 이렇게 설명하는 것 외에 다른 방법이 없어. 하지만 속세 그 자체, 우리 주변과 우리 안에 존재하는 것은 결코 일방적이지 않아. 인간이나 어떤 행위는 절대로 완전한 윤회와 완전한 열반에 이를 수 없고, 어떤 인간도 완전한 성자이거나 완전한 죄인일 수 없어. 우리가 시간이 실제로 존재하는 것이라고 속고 있기 때문에 그렇게 보이는 것이네. 고빈다, 시간은 실제로 존재하는 게 아니야. 나는 때때로 이런 것을 경험을 통해 체득했지. 시간이 실제로 존재하지 않는다면 속세와 영원, 번뇌와 지복, 선과 악 사이의 간극이 있는 것처럼 보이지. 이것도 속임수라네."

"어떻게 그렇게 된단 말인가?" 고빈다가 불안해하며 말했다.

"사랑하는 친구, 내 말을 들어 보게. 잘 들어 보게! 나는 죄인이고 자네도 죄인이야. 하지만 죄인도 언젠가는 다시 브라마가 될 수 있지. 그도 언젠가 열반에 이르고 붓다가 되지. 이제 잘 들어 보게. 이 '언젠가'는 속임수이고 비유에 불과해! 죄인은 붓다가 되는 길을 가고 있지 않아. 죄인은 이러한 발전 단계의 길을 걷지 않지. 우리의 생각에서 이런 것을 다르게 상상한다 해도 말일세. 그렇네, 그 안에서 죄인은 지금과 오늘 이미 미래의 붓다가 되어 있고, 그의 미래는 이미 모두 여기에 있지. 자네는 그 안에서, 자네 안에서 되어 가고, 가능하고, 숨겨진 붓다를 존경해야 하는 것이지. 내 친구 고빈다, 속세는 불완전하지 않네. 속세는 천천히 완전함에 이르는 길을 통해 이해할 수 있어. 그렇네, 속세는 모든 순간에 완전해. 모든 죄 가운데 자비가 있고, 모든 어린아이 가운데 노인이 있고, 모든 젖먹이 가운데 죽음이 있고, 모든 죽어 가는 자들 가운데 영원한 삶이 있지. 그가 자신의 길에서 얼마나 멀리 왔는지, 다른 사람을 통해서 보는 것은 어떤 인간도 할 수 없어. 강도와 주사위 내기꾼들 안에도 붓다가 기다리고 있고, 브라만들 안에도 강도들이 기다리고 있으니까. 깊은 명상을 하는 중엔 시간을 걷어 내고, 모든 시간 존재했던, 되어 가고 있는, 되어 가는 삶을 동시에 볼 수 있는 가능성이 존재하지. 이때 모든 것은 선하고, 모든 것은 완전하고, 모든 것이 브라만임을 알 수 있네. 그래서 나에게는 그것이 무엇이든 선하게 보이고, 나에게는 죽음이 삶처럼, 경건함이 죄처럼, 어리석음이 지혜로움처럼 보이지. 모든 것은 그렇게 존재해야만 하고, 모든 것에는 단지 나 자신의 허락, 기꺼이 하려는 마음, 기꺼이 응하겠다는 나의 동의만 필요하지. 이것은 나에게도 좋은 일이면서, 나를 재촉할 수 있을 뿐 나에게 절대 해가 되지 않아. 나의 사랑과 나의 마음을 통해 나에게 죄가 필요하다는 것을, 육욕과 재물을 추구하는 마음과 오만함이 필요하다는 것을, 싫은 것을 포기하는 법을 배우기 위해, 속세를 사랑하는 법을 배우기 위해, 더 이상 내가 원하고 나의 상상으로 빚어낸 어떤 세상과 비교하지 않기 위해 굴욕적인 절망감이 필요하다는 것을, 내 머릿속에서 생각해 낸 완성의 방식을 추구하는 게 아니라 그냥 있는 그대로 내버려두고, 있는 그대로를 사랑하고, 기꺼이 그 안에 속해야 한다는 걸 알았지. 고빈다, 이게 내 마음속에 떠올랐던 생각들 중 일부이네."

싯다르타가 허리를 굽혀 땅바닥에서 돌 하나를 주워 손바닥에 올려놓았다.

싯다르타가 놀이를 하듯이 말했다. "여기 이건 돌이지. 이 돌은 때가 되면 흙이 될 것이고, 흙에서 식물이 되거나 짐승이나 인간이 될 것이네. 예전의 나였다면 이렇게 말했겠지. 이 돌은 그냥 돌이고, 무가치하고, 마야의 세계에 속한다고. 하지만 돌이 변화하는 윤회에서 인간과 영혼이 될 수 있을지도 모르기 때문에 나는 돌한테도 가치를 부여하게 됐네. 예전의 나였다면 그렇게 생각했을지 모르지만 오늘의 나는 이렇게 생각하네. 이 돌은 돌이고, 이 돌은 짐승이기도 하고, 이 돌은 신이기도 하고, 이 돌은 부처이기도 하지. 이 돌이 한때 이것 혹은 저것이 될 수 있기 때문이 아니라, 이 돌이 오래전부터 항상 존재해 왔기 때문에 나는 이 돌을 숭배하고 사랑하는 것이네. 그리고 바로 이것이 돌이고, 이것이 지금 그리고 오늘 나에게는 돌로 보이기 때문에 나는 이 돌을 사랑하지. 그리고 모든 무늬와 홈에서, 노란빛에서, 잿빛에서, 단단함에서, 내가 돌을 두드릴 때 돌에서 나는 울림에서, 표면의 메마름이나 촉촉함에서 가치와 의미를 보는 것이네. 어떤 돌들은 기름이나 비누처럼 느껴지고, 어떤 돌들은 모래처럼 느껴지지. 누구나 특별하고 나름의 방식으로 옴을 기도하지. 동시에 누구나 브라만이지. 마찬가지로 돌도 기름지거나 물기가 많을 수 있지. 바로 이런 것들이 마음에 들고, 나에게 경이롭게 보이고, 숭배할 가치가 있다고 여겨진다네. 하지만 나도 그 이상을 말할 수는 없네. 말은 내밀한 속뜻까지 담아 내기에 충분하지 않기 때문이네. 인간이 말을 할 때 모든 것은 항상 동일하면서 약간 다르지. 약간은 왜곡되고 약간은 어리석지. 그래, 이런 것도 정말 좋고 정말로 내 마음에 드는 것들이네. 누군가에게 보물이고 지혜인 것이 다른 누군가에게는 항상 어리석은 것처럼 들린다는 말에도 나는 동의하네."

고빈다가 침묵하며 귀 기울여 들었다.

"자네가 나에게 돌에 대해 말한 이유가 무엇인가?" 한참 머뭇거리다가 그가 물었다.

"아무런 의도도 없네. 아마 내가 돌을, 강을, 내가 관찰하고 우리가 교훈을 얻을 수 있는 모든 사물을 사랑하고 있다는 의미겠지. 고빈다, 나는 돌을 사랑할 수 있고, 한 그루의 나무나 한 조각의 나무껍질도 사랑할 수 있네. 그래서 가르침은 나에게 아무런 의미가 없고, 강함도, 약함도, 색깔도, 모서리도, 냄새도, 맛도 없어. 어쩌면 이런 것들이 네가 평안을 찾는 데 방해가 될지 모르고, 어쩌면 수많은 말이 방해가 될지도 모르네. 해탈과 미덕도, 윤회와 열반도 말에 불과하니까, 고빈다. 열반에 이를 수 있는 것은 없어. 단지 열반이라는 단어만 존재할 뿐이지."

고빈다가 말했다. "친구, 열반은 단어에 불과한 게 아니네. 열반은 하나의 생각이지."

싯다르타는 말을 계속 이어갔다. "하나의 생각, 그럴 수도 있지. 사랑하는 친구, 자네 말이 옳다는 걸 인정하네. 하지만 더 이상 나는 생각과 말을 그런 식으로 딱 잘라 구분하지 않네. 솔직히 말하면 나도 그런 생각들에 큰 의미를 두지 않네. 오히려 나는 사물에 더 많은 의미를 두지. 예를 들어 이 배에 있던 한 남자, 그러니까 나보다 앞서 이 일을 했던 나의 스승은 경건한 사람이었네. 그는 수십 년 동안 강만 믿었고 다른 아무것도 믿지 않았네. 강의 음성이 그에게 말을 걸었고, 그는 이 음성으로부터 배웠고, 이 음성이 자신을 키워 주고 가르친다는 걸 알고 있었지. 강은 그에게 신처럼 보였어. 수십 년 동안 그는 모든 바람, 모든 구름, 모든 새, 모든 딱정벌레도 신과 같은 존재이고 자신이 숭배했던 강처럼 많이 알고 있고 가르칠 수 있다는 것을 몰랐네. 비로소 이 경건한 남자가 숲으로 떠났을 때 그는 모든 것을 알게 되었지. 그에게는 스승도 책도 없었지만 오직 강에 대한 믿음이 있었기에 그는 더 많은 것을 알 수 있었던 것이네."

고빈다가 말했다. "자네가 '사물'이라고 칭하는 것이 실제로 존재하는 것, 본질적인 것을 의미하는 것인가? 이것은 단지 마야의 베일, 형상과 허상에 불과한 게 아닌가? 그렇다면 자네가 말하는 돌과 나무와 강은 왜 실제로 존재하는 것인가?"

싯다르타가 말했다. "이런 것들은 나와 큰 상관이 없네. 사물이 허상이든 아니든, 나는 허상이고, 사물은 영원히 나와 동일한 존재라네. 이게 바로 내가 이런 것들을 그토록 사랑하고 숭배하는 이유지. 이런 것들은 나와 동일한 존재라네. 그래서 나는 이런 것들을 사랑할 수 있지. 자네는 비웃겠지만 이제 이건 가르침이 되었네. 사랑하는 고빈다, 나는 모든 것 중에서 이런 것들이 핵심이라고 생각하네. 세상을 두루 살피고, 세상을 설명하고, 세상을 경멸하는 것은 아마도 위대한 사상가들이나 할 일이지. 나에게는 세상을 사랑할 수 있고, 세상을 경멸하지 않고, 세상과 나를 증오하지 않고, 세상과 나, 모든 본질을 사랑과 경이와 존경의 눈으로 바라볼 수 있다는 것만 중요하네."

고빈다가 이어 말했다. “나도 이런 것들을 알고 있네. 하지만 불세존, 존귀하신 그분은 이런 것들을 환상이라고 인식했지. 그분은 사랑이 아닌 선의, 보살핌, 측은, 관용을 명하셨지. 그분은 우리의 마음이 세속적인 것에 대한 사랑에 붙들리는 것을 금하셨고.”

“나도 그걸 안다네. 고빈다, 나도 그걸 알고 있다네. 잘 보게. 우리는 지금 서로 의견이 얽혀서 논쟁하고 있어. 나는 사랑에 대해 내가 했던 말들이 모순된다는 것을, 겉으로 보기에는 가우타마의 말씀에 어긋난다는 것을 알고 있네. 그래서 나는 그런 말씀들을 아주 불신해. 이러한 모순이 속임수라는 것을 알고 있기 때문이지. 내가 가우타마와 결국 하나라는 것을 알아. 그렇지 않다면 어떻게 그가, 덧없음과 무無에서 모든 인간의 존재에 대한 깨달음을 얻은 그가, 그럼에도 오직 인간을 돕고 인간에게 가르침을 선포하기 위해 오랜 세월 고된 삶을 살 정도로 인간을 사랑했던 그가 사랑을 모르겠는가! 내가 보기에는 그, 자네의 위대한 스승에게도 사물이 말보다 중요하고, 자신의 설법보다 행함과 삶이 중요하고, 자신의 의견보다 손짓이 중요해. 나는 설법이나 그의 사상이 아닌, 오직 행함과 삶에서만 그의 위대함을 보네.” 싯다르타가 이 말을 할 때 그의 웃음이 황금빛으로 빛났다.

두 노인은 한참 동안 아무 말 하지 않았다. 그리고 고빈다가 작별 인사를 하며 다시 말을 꺼냈다. “싯다르타, 나에게 자네의 생각을 말해 주어 고맙네. 이상한 부분들도 있고 내가 모든 것을 바로 이해하지는 못했지만 말이네. 물론 이런 것에 어떤 의도가 담겨 있을 수도 있지. 아무튼 고맙네. 평온한 나날들을 보내길 바라네."

(하지만 속으로 그는 이렇게 생각했다. 싯다르타라는 친구는 기이한 사람이고, 기이한 생각들을 내뱉고, 그의 가르침은 상식을 벗어난 것 같아. 불세존, 존귀하신 그분의 정결한 가르침이 더 명료하고, 깨끗하고, 이해하기 쉬워 보여. 그분의 가르침에 이렇게 이상하고, 상식을 벗어나고, 우스꽝스러운 것은 들어 있지 않아. 그런데 싯다르타의 손과 발, 그의 눈, 그의 이마. 그의 숨결, 그의 웃음, 그의 인사, 그의 걸음걸이는 무언가 다르게 느껴져. 불세존, 존귀하신 분, 가우타마가 열반에 이른 후로 나는 더 이상, 나에게 이런 느낌을 주는 사람을 만나 본 적이 없어. 그는 성자야! 나는 싯다르타 이 친구만 유일하게 성자임을 느꼈어. 그의 가르침은 이상할지 몰라도, 그의 말은 상식을 벗어난 것처럼 느껴질지 몰라도 그의 눈빛, 그의 손, 그의 피부, 그의 머리카락, 그의 모든 것이 정결함으로 빛나고, 고요함으로 빛나고, 쾌활함과 부드러움과 경건함으로 빛나고 있어. 불세존, 존귀한 자, 우리의 스승이 입적하신 후 이런 사람을 본 적이 없어.)

고빈다는 이렇게 생각하면서 마음속으로 갈등을 겪다가, 사랑에 이끌려 싯다르타에게 다시 한번 가까이 다가갔다. 그는 조용히 앉아 있는 싯다르타에게 고개를 깊이 숙여 인사했다.

그가 말했다. "싯다르타, 우리도 이제 늙었네. 이 모습으로 다시 만나기 어려울지 몰라. 사랑하는 친구, 나는 자네가 평안을 찾았다고 생각해. 솔직히 고백하면 나는 평안을 찾지 못했네. 소중한 친구여, 나에게 한마디만 더 해 주게. 내가 알아듣고, 내가 이해할 수 있는 것들을 말해 주게! 내가 가는 길에서 함께할 수 있는 무언가를 알려 주게! 이 길, 내가 걷는 길은 때로는 고되고 때로는 칠흑처럼 캄캄하네."

싯다르타는 아무 말도 하지 않았고 언제나 그러했듯이 고요한 웃음을 간직한 채 그를 바라보았다. 고빈다는 불안과 갈망, 번뇌, 끊임없이 구해 왔지만 아무것도 찾지 못했음이 쓰여 있는 눈빛으로 가만히 그를 바라보았다.

"나에게 가까이 와 보게! 어서 나에게 가까이 와 보게! 그래 조금 더 가까이! 더 가까이! 고빈다, 내 이마에 입맞춤해 보게!" 싯다르타가 고빈다의 귀에 대고 속삭였다.

고빈다는 놀랐지만 깊은 사랑과 예감에 이끌려 싯다르타의 말을 따랐다. 그가 더 가까이 다가가 싯다르타의 이마에 입술을 대고 있는 동안 불가사의한 일이 일어났다. 고빈다의 생각이 싯다르타의 기이한 말에 머무르는 동안, 고빈다가 시간을 초월하고 윤회와 열반이 하나라고 생각하는 동안, 그의 안에 남아 있는, 친구가 했던 말들에 대한 경멸과 쏟아지는 사랑과 경외가 서로 충돌하며 몸부림칠 때 일어난 일이었다.

그는 더 이상 자신의 친구인 싯다르타의 얼굴을 보지 않았다. 대신 그는 다른 얼굴들을, 길게 줄지어 있는 열과 강물처럼 흐르는 수많은 얼굴을, 수백 수천 개의 얼굴들을, 모두 덧없이 왔다가 사라지는 얼굴들을, 모두가 마치 그의 얼굴처럼 보이면서, 모두가 끊임없이 변하고 새로워지고, 그럼에도 모두가 싯다르타의 것인 얼굴들을 보았다. 그는 물고기의 얼굴을, 끝도 없는 고통으로 가득 차 주둥이가 벌어져 있는 잉어의 얼굴을, 죽어 가는 물고기의 얼굴을, 부서져 가는 눈을 보았다—그는 갓난아이의 얼굴을, 붉고 주름지고, 울음으로 잔뜩 찡그려진 얼굴을 보았다—그는 살인자의 얼굴을 보았고, 그가 한 인간의 몸에 칼을 찌르는 모습을 보았다—같은 순간 그는 이 범죄자가 결박되고 무릎이 꿇린 채 사형 집행인의 검에 맞아 축 늘어져 있는 모습을 보았다—그는 남자들과 여자들이 벌거벗고 사랑의 도취에 빠져 있는 모습을 보았다—그는 시신들이 쓸쓸하고, 싸늘하고, 공허하게 널브러져 있는 모습을 보았다—그는 짐승들의 대가리, 수퇘지, 악어, 코끼리, 황소, 새의 대가리를 보았다—그는 신들을 보았다. 크리슈나를 보았고, 아그니를 보았다—그는 이 모든 형상과 얼굴이 수천 가지 관계 속에 서로 어우러져 있는 것을, 서로 도우며, 서로 사랑하며, 서로 증오하며, 서로를 파괴하며, 서로 새롭게 잉태시키는 모습을 보았다. 모두가 죽으려고 했고, 번뇌와 고통을 느끼며 덧없음을 토로했지만, 누구도 죽지 않았고, 단지 형상만이 변할 뿐이었고, 끊임없이 새롭게 태어났고, 이 얼굴과 저 얼굴 사이에 시간이 놓여 있는지 알지 못한 채 끊임없이 새로운 얼굴이 생겨났다—이 모든 형상과 얼굴은 잔잔했고, 흘러갔고, 생성되었고, 저리로 헤엄치고 안으로 밀려들어왔다. 이 모든 것들 위에 끊임없이 얇디얇은 것, 실체가 없는 것, 그럼에도 존재하는 것이 마치 얇은 유리 혹은 얼음처럼, 마치 투명한 피부처럼, 물의 표면 혹은 형태 혹은 가면처럼 씌워져 있다. 이 가면은 웃고 있었고, 이 가면에는 고빈다가 이마에 입술을 댔던 그 순간 싯다르타의 웃는 모습이 담겨 있었다. 그리고 고빈다는 가면에 숨겨진 웃음이, 흘러 들어오는 형상의 합일에 담긴 웃음이, 수천 번의 출생과 죽음이 동시에 일어나고 있음에 담긴 웃음이, 싯다르타의 웃음이 결국 같은 것임을, 동일하고, 고요하고, 섬세하고, 절박하지 않고, 어쩌면 선하고, 어쩌면 조소가 섞였으면서도 지혜로운 가우타마, 붓다의 수천 가지 웃음임을, 자신이 수백 번이나 경외의 눈빛으로 바라보았던 그분의 웃음임을 보았다. 그렇게 고빈다는 완성자들은 이렇게 웃는다는 걸 알게 되었다.

시간이 존재하는지, 이 환상이 일 초인지 수백 년인지 더 이상 분간하지 못하고, 싯다르타인지, 가우타마인지, 나와 네가 존재하는지, 신의 화살에 맞아 내면에 상처를 입은 것인지, 이 상처에서 달콤한 맛이 나는지, 마음 깊은 곳이 마법에 걸려 소멸되었는지 알지 못한 채, 잠시 고빈다는 방금 전 자신이 입맞춤했던 모든 형상, 모든 생성, 모든 존재의 장이 열렸던 싯다르타의 고요한 얼굴을 보며 몸을 구부린 채 있었다. 표면 아래의 수천 겹의 문이 다시 잠긴 후에도 싯다르타의 얼굴에서는 변화가 일어나지 않았다. 그는 고요하게 웃고, 조용하고 부드럽게 웃었고, 어쩌면 아주 선하고, 어쩌면 자신이 그러했듯이 불세존, 존귀한 자에 대한 조소를 가득 담아 웃었다.

고빈다는 깊이 숙여 인사를 했다. 그도 모르는 사이에 늙어버린 얼굴 위로 눈물이 흘러내렸고, 그의 가슴 깊은 곳에서는 사랑의 감정이, 그의 마음속에서 깊은 겸손과 존경이 불타올랐다. 고빈다는 땅에 닿을 정도로 고개를 깊이 숙이고, 미동도 하지 않고 앉아 있는 그에게, 모든 것을 떠오르게 하는 웃음을 지닌 그에게, 평생 자신이 사랑했던 그에게, 한때 자신에게 소중했고 성스러운 존재였던 그에게 인사했다.

siddhartha

작품 해설

영혼의 순례자, 싯다르타

– 김욱동(서강대학교 명예교수, 문학평론가)

영혼의 순례자, 싯다르타

여러 문학 장르 중에서도 유독 소설에 깊은 관심을 기울인 헝가리 출신의 철학자이자 문학평론가인 게오르크 루카치는 소설을 '자기를 찾아 떠나는 여행'이라고 정의 내린 적이 있다. 여기에서 '자기'란 두말할 나위 없이 근대적인 개인을 말한다. 근대의 막이 오르기 이전에 인간의 정체성은 오직 가족이나 부족, 종교 같은 집단을 통해서만 확인할 수 있었다. 그러나 근대의 막이 화려하게 오른 뒤부터 '개인'은 보조적 역할이 아닌 주인공으로 활약했다. 다시 말해서 근대에 이르러 인간은 과거에는 좀처럼 찾아볼 수 없던 독립적인 사고, 감정, 목적, 이익, 이성을 갖춘 새롭고 특별한 존재로 인정받았다. 말하기도 쑥스럽지만 개인을 가리키는 영어 'individual'은 더 이상 개체로 나눌 수 없다는 뜻의 동사 'in-divide'와 형용사 'in-divisible'에 뿌리를 둔다. 말하자면 자연과학에서 말하는 원자의 개념에 상응하는 개인은 더 이상 나눌 수도, 침해할 수도, 파괴할 수도 없는 근대 사회를 구성하는 최소 단위였던 것이다.

이렇게 공동체를 떠나 홀로 남겨진 근대적 개인이 자신을 찾아 떠나는 여행과 모험의 형식이 다름 아닌 소설이다. 그래서 소설은 어떤 의미에서는 여행과 모험을 떠나서는 성립하지 않는 문학 장르라고 할 수 있다. 이렇다 할 외부 사건이나 행동 없이 작중 인물들의 미묘한 심리적 갈등을 다루는 작품조차도 엄밀히 따지고 보면 여행이나 모험과 무관하지 않다. 이러한 작품들은 작중 인물들이 겪는 영혼의 모험이나 내적 여정을 다루고 있을 뿐이다. "여행이 끝나자 길이 시작되었다"라는 루카치의 말은 소설의 주인공이 모험과 여행에서 삶에 관한 소중한 가르침을 얻는다는 뜻으로 받아들일 수 있다.

헤르만 헤세는《싯다르타》에서 루카치가 말하는 '자기를 찾아 떠나는 여행'이 근대의 막이 오르기 훨씬 이전, 즉 기원전 6세기경에 이미 시작됐음을 여실히 보여 준다. 본격적 의미의 소설은 근대가 낳은 신생아이기는 하지만 그것이 배아와 태아의 모습을 갖춘 것은 이미 고대 그리스 시대부터였다. 세계 문학사를 통틀어 이 작품만큼 자아를 탐색하고 완성해 가는 과정을 설득력 있게 다룬 소설은 찾아보기 어렵다. 모든 소설 작품이 흔히 그러하듯이《싯다르타》도 도입부에 작품의 비밀을 캘 수 있는 단서들이 들어 있다.

> 싯다르타는 브라만의 아들이자, 젊은 매, 수려한 청년이었다. 그는 고향의 그늘 아래, 배들이 모여 있는 강가, 사라수沙羅樹 그늘 아래, 무화과나무 그늘 아래에서 역시 브라만의 아들인 친구 고빈다와 함께 성장했다. 강가에서 몸을 씻을 때, 경건하게 목욕재계를 할 때, 신성한 제사를 올릴 때면 싯다르타의 빛나는 어깨는 햇빛에 검게 그을렸다. 망고나무 숲에서, 사내아이들이 놀이를 할 때, 신성한 제사를 올릴 때, 어머니가 노래할 때, 학자인 아버지로부터 가르침을 받을 때, 현자들과 대화할 때면 그의 검은 눈으로 그림자가 흘러 들어갔다.(9쪽)

싯다르타는 부모면 부모, 친구면 친구, 스승이면 스승 그야말로 부러울 것이 하나도 없는 유복한 젊은이다. 이 작품의 서술 화자는 싯다르타가 "모두에게 기쁨이자 즐거움이었다"(11쪽)라고 말한다. 싯다르타의 아버지는 아들이 장차 커서 위대한 현자이자 승려, 브라만의 지도자가 되리라는 것을 믿어 의심치 않는다. 그러나 소설의 서술 화자는 위에 인용한 첫 단락의 마지막 문장에서 "그의 검은 눈으로 그림자가 흘러 들어갔다"라고 말한다. 유복하게 성장하는 싯다르타에게 채울 수 없는 정신적 갈증과 허기가 있음을 암시하는 말이다.

실제로 싯다르타는 부모의 사랑과 친구 고빈다의 우정, 고매한 스승들의 가르침과 경전도 자신에게 영원한 열락을 가져다주지 못하리라는 것을 깨닫자 불행의 그림자가 그의 얼굴에 감돈다.

그래서 싯다르타는 안락한 집과 고향을 떠나 바깥세상에서 그 답을 찾기로 한다. 마침 사문의 무리가 그의 고향을 지나가자 그는 친구 고빈다와 함께 여행을 떠난다. 싯다르타는 단식, 고행, 명상 같은 수행을 거쳐 영원한 윤회와 불멸을 느끼려 한다. 그러나 그러한 수행에도 싯다르타는 사문의 무리에서 자신이 원하는 깨달음의 경지에 이르지 못했다는 사실을 알게 된다. 탁발승의 무리와 함께 수행하는 동안 싯다르타는 여전히 윤회의 사슬에서 벗어나지 못한 채 원을 계속 맴돌고 있다는 생각이 든다. 그는 마침 가우타마라는 깨달음을 얻은 사람이 나타났다는 소문을 듣고 고빈다와 함께 사문을 떠나 그의 가르침을 듣기 위해 다시 길을 떠난다. 고빈다는 '석가세존', '존귀한 자', '붓다'라 일컫는 가우타마의 가르침에 감동하여 그의 제자가 되지만 싯다르타는 가우타마의 가르침이 오히려 자신의 깨달음에 방해가 된다고 생각한다.

가우타마를 만나면서 싯다르타는 깨달음이란 다른 누군가가 아닌 자기 자신이 스스로 생각하고 판단하여 얻는 것임을 알게 된다. 싯다르타는 "그래, 나는 더 이상 나에게서, 싯다르타에게서 벗어나려고 몸부림치지 않을 거야. 더 이상 아트만과 속세에 대한 번뇌로 내 생각과 삶을 시작하지 않을 거야. 나는 더 이상 자신을 죽이고 산산조각 내어 그 조각들 뒤에서 비밀을 찾아내려 하지 않을 거야. 더 이상《요가베다》에도,《아타르바베다》에도, 고행에도, 어떤 가르침에도 나를 맡기지 않을 거야. 스스로 배우고 스스로의 제자가 되어 나를, 싯다르타의 비밀을 알아 갈 거야"(51쪽)라고 천명한다.

이렇게 혼자서 자신만의 길을 떠나는 싯다르타는 그 뒤 온갖 일을 겪으며 참다운 자아를 찾아간다. 예를 들어 산스크리트어로 연꽃을 뜻하는 카말라라는 창녀와 만나 육체적이고 감각적인 쾌락을 배우는가 하면, 그녀의 소개로 카마스바미라는 상인을 만나 큰돈을 벌고 명예를 얻기도 한다. 그러나 싯다르타는 이러한 삶이 자신이 그동안 추구하려던 진리와는 거리가 멀다는 사실을 깨닫고 부와 명예를 헌신짝처럼 버리고 또다시 정처 없이 길을 나선다. 어느 날 어느 강가에 이른 그는 그곳에서 젊은 날 강을 건네주던 뱃사공 바수데바를 만난다. 싯다르타는 흘러가는 강물을 관찰하고 뱃사공에게서 강과 관련한 이야기를 들으며 삶의 의미를 깨닫는다.

그렇다면 싯다르타가 온갖 여정과 모험을 통해 얻는 깨달음이란 과연 무엇인가? 이는 '사랑'이라는 한마디 말로 요약할 수 있다. 마지막 장면에서 고빈다를 다시 만나는 싯다르타는 친구에게 "나에게는 세상을 사랑할 수 있고, 세상을 경멸하지 않고, 세상과 나를 증오하지 않고, 세상과 나, 모든 본질을 사랑과 경이와 존경의 눈으로 바라볼 수 있다는 것만 중요하네."(178쪽)라고 밝힌다. 번역판에 따라 조금 차이가 있을 터이지만 '코너스톤' 번역본에는 사랑이라는 낱말이 무려 136번이나 언급된다. 적어도 이 점에서 《싯다르타》는 사랑의 복음을 전하는 기독교의 경전 신약성서와 크게 다르지 않다.

그런데 싯다르타가 말하는 사랑은 비단 부모 형제나 친구에 그치지 않는다. 그가 즐겨 읽는 《우파니샤드》는 "너의 영혼에 삼라만상이 있다"(13쪽)라고 가르친다. 이 구절을 조금 돌려 말하면 "너의 사랑에 삼라만상이 있다"라고 할 수 있다. 실제로 싯다르타는 고빈다에게 "나는 돌을 사랑할 수 있고, 한 그루의 나무나 한 조각의 나무껍질도 사랑할 수 있네"(177쪽)라고 말한다. 깨달음을 얻은 싯다르타가 사랑하지 않는 대상은 이 세상에 하나도 없다시피 하다.

인간이든 자연물이든 나 아닌 어떤 대상을 진정으로 사랑하려면 몇 가지 전제 조건이 필요하다. 첫째, 인간은 자아의 멍에에서 벗어나야 한다. 《싯다르타》의 서술 화자는 "싯다르타에게는 한 가지 목표가 있었다. 그의 유일한 목표는 비워내는 것, 갈증을 비우고, 소망을 비우고, 꿈을 비우고, 기쁨과 번뇌를 비우는 것이었다. 자아를 죽이고 더 이상 내가 아닌 상태에 있는 것, 비워낸 마음에서 평온을 찾는 것, 몰아의 경지에서 생각하고 자신을 불가사의에 열어 놓는 것이 그의 목표였다"(22쪽)라고 말한다. 물론 자아는 한 인간의 정체성을 확립하고 일정한 목표를 향하여 나아가는 데 원동력이 된다. 그러나 자아의 멍에에 지나치게 얽매여 있으면 우물 안 개구리처럼 자아 밖의 세계를 제대로 파악할 수 없기 마련이다.

헤세는 소설을 '자기를 찾아 떠나는 여행'이라고 정의 내린 루카치에 정면으로 반기를 든다. 싯다르타가 여행과 모험을 통해 얻은 것은 자기가 아니라 자기 소멸이요, 근대적 개인이 아니라 상생의 공동체다. 이렇게 두 사람이 서로 다른 것은 태어나 성장한 가정 환경도 아마 큰 몫을 했을 것이다. 헤세가 개신교 선교사 집안에서 태어난 반면, 루카치는 유대인 은행가 집안에서 태어났다. 헤세가 불교를 비롯한 유심론적인 동양 사상에 심취했다면 루카치는 프리드리히 엥겔스와 카를 마르크스의 유물론에 경도됐다.

사랑을 위한 두 번째 전제 조건은 추상적 언어나 관념이 아니라 구체적인 실천적 행동이다. 싯다르타는 온갖 역경을 통하여 언어나 관념은 한낱 부질없는 공허한 것에 지나지 않고 오직 구체적인 행동과 실천만이 소중하다는 교훈을 깨닫는다. 가우타마를 만난 싯다르타가 그를 존경하면서도 그의 가르침에 좀처럼 공감하지 않는 것도 그의 가르침이 지나치게 추상적이고 관념적이기 때문이다. 싯다르타는 그에게 "불세존, 존귀한 분이시여, 저는 해탈이 가르침을 통해 이를 수 있는 게 아니라고 생각합니다"(46쪽)라고 잘라 말한다. 싯다르타는 고빈다에게 "사물이 말보다 중요하고, 자신의 설법보다 행함과 삶이 중요하고, 자신의 의견보다 손짓이 중요해. 나는 설법이나 그의 사상이 아닌, 오직 행함과 삶에서만 그의 위대함을 보네"(179쪽)라고 말한다.

주인공 이름 '싯다르타'는 산스크리트어로 '모든 것이 다 이루어지리라'라는 의미다. 싯다르타는 가우타마의 길로는 자신이 추구하는 진리가 이루어질 수 없다고 판단한다. 가우타마는 속세를 등진 채 금욕과 고행의 길을 걸어 각성에 이른다. 그러나 싯다르타는 마치 불교를 상징하는 연꽃이 진흙 속에서 피어나듯이 모든 금욕과 본능, 질서와 혼돈, 선과 악을 온몸으로 겪음으로써 완성에 이르려고 한다. 가우타마의 수행과 마찬가지로 뱃사공 바수데바의 수행에도 한계가 있기는 마찬가지다. 모든 사유와 언어에 앞서 직접 자연에 접근하려 한다는 점에서 바수데바의 길도 가우타마의 길처럼 불완전하다. 헤세는 가우타마의 길과 바수데바의 길을 비교하여 싯다르타의 길이야말로 참다운 진리에 이르는 올바른 길이라고 생각한다.

싯다르타가 '배움'과 '앎'을 서로 엄격히 구별 지으려 하는 까닭이 바로 여기에 있다. 그는 고빈다에게 "인간은 아무것도 배울 수 없어! 우리가 '배움'이라고 칭하는 것은 실제로 존재하지 않아. 내 친구야, 오직 한 가지 앎만이 존재해. 이것은 어디에나 있고, 이것은 아트만이고, 나와 너를 비롯해 모든 존재에게 있어"(28쪽)라고 말한다. 싯다르타는 계속하여 고빈다에게 "가르침은 나에게 아무런 의미가 없고, 강함도, 약함도, 색깔도, 모서리도, 냄새도, 맛도 없어"(177쪽)라고 말하는가 하면, "해탈과 미덕도, 윤회와 열반도 말에 불과하니까, 고빈다. 열반에 이를 수 있는 것은 없어. 단지 열반이라는 단어만 존재할 뿐이지"라고 말한다.

싯다르타와 고빈다의 성격도 좀 더 찬찬히 주목해 볼 만하다. 둘 다 브라만 집안의 아들로 영성을 통해 진실을 찾으려 한다는 점에서는 같지만 진리를 찾는 방법에서는 판이하게 다르다. 고빈다는 자신이 추구하는 길을 좀처럼 포기하지 않고 끝까지 추구하려 한다. 한편 싯다르타는 한 길이 막다른 길로 이어질 수 있다는 의심이 들면 곧바로 진로를 바꾼다. 예를 들어 그는 브라만의 길을 버리고 사문의 길로 가고, 사문의 길에서 한계를 느끼자 가우타마에게 간다. 그런 뒤 싯다르타는 영적 스승들의 정신세계로부터 벗어나 카말라와 카마스바미 같은 물질세계에서 길을 찾는다. 헤세는 다분히 수동적인 고빈다보다는 좀 더 능동적인 싯다르타의 진리 탐구 방식에 손을 들어준다.

프리드리히 니체는 저서 《인간적인, 너무나 인간적인》에서 여행자를 다섯 등급으로 나눈다. 가장 낮은 첫 번째 등급은 여행하면서 세상을 관찰하는 것이 아니라 오히려 관찰의 대상이 되는 사람들이다. 두 번째 등급은 실제로 세상을 구경하는 사람들이다. 세 번째 등급은 관찰한 것을 토대로 무엇인가를 체험하는 사람들이다. 네 번째 등급은 체험한 것을 몸소 익혀 몸에 지니고 다니는 사람들이다. 다섯 번째 등급은 관찰한 것을 모두 체득한 뒤 집에 돌아오자마자 체득한 것을 행동이나 일에서 반드시 실천해 나가는 사람들이다. 니체가 말하는 다섯 등급 중에서 싯다르타는 과연 어느 등급에 속할까? 지금 그는 네 번째 등급에 속하지만 아마 머지않아 마지막 등급을 향하여 매진하게 될 것이다.

헤세는 시인이자 화가답게 《싯다르타》에서 여러 상징과 이미지를 한껏 구사한다. 그중에서도 강과 뱃사공은 가장 핵심적인 상징과 이미지다. 이 작품에서 강은 삶 자체, 시간 그리고 깨달음으로 가는 도정을 상징한다. 강물이 흐르며 내는 온갖 소리는 모든 생명체의 소리를 암시하고, 강물이 끊임없이 흘러가지만 다시 돌아온다는 사실은 시간의 속성을 암시한다. 강은 그에게 위대한 스승의 역할을 하고, 그러한 과정에서 산파 역할을 하는 인물이 뱃사공 바수데바다. 바수데바는 그동안 싯다르타가 지혜의 스승들에게서 얻지 못한 깨달음을 얻는 데 산파 역할을 해 준다. 말하자면 바수데바는 싯다르타가 걷는 영혼의 순례길에서 안내자 역할로 볼 수 있다.

siddhartha

지은이 헤르만 헤세

1877년 독일 남부의 도시 칼프에서 목사의 아들로 태어났다. 명문 신학교에 진학했지만 기숙사 생활에 적응하지 못하고 시인이 되기 위해 도망쳤다. 자살을 시도하고 정신 요양원에 입원하는 등 파란만장한 청소년기를 보낸 후, 고향의 시계 공장에서 수습공으로 일하면서 글쓰기 공부에 전념한다.

1899년 첫 시집《낭만적인 노래》를 출간하며 작품 활동을 시작했고, 1904년 첫 소설《페터 카멘친트》로 문학적 지위를 얻어 전업 작가가 되었다. 이후 획일화된 교육 속 청소년들의 방황과 좌절을 섬세하게 묘사한《수레바퀴 아래서》, 성장기 소년이 내면의 참된 자아를 찾아가는 여로를 담은《데미안》등 자기 자신에 이르는 길을 찾는 작품들을 계속 발표했고, 1943년 마지막 소설《유리알 유희》를 출판한 뒤 1946년에 노벨 문학상과 괴테 문학상을 수상했다.

이상과 현실, 빛과 어둠 등 양극적 대립을 통한 자아 성찰의 길을 섬세하게 그려낸 헤세의 작품들은 고독한 현대인의 삶에 따듯한 위로를 건네고 있다.

옮긴이 강영옥

덕성여자대학교 독어독문과를 졸업하고 한국외국어대학교 통번역대학원 한독과에서 공부한 후 여러 기관에서 통번역 활동을 했다. 현재 번역 에이전시 엔터스코리아에서 번역가로 활동 중이다. 옮긴 책으로는《행복한 노인은 늙지 않는다》,《말의 마지막 노래》,《그녀는 괴테가, 그는 아인슈타인이 좋다고 말했다》,《나는 이기적으로 살기로 했다》,《고양이 언어학》,《아름답거나 혹은 위태롭거나》,《상처 주지 않는 대화》,《부유한 자본주의 가난한 사회주의》,《언어와 존재》등 다수가 있다.

해설 김욱동

한국외국어대학교 영문과 및 동 대학원을 졸업한 뒤 미국 미시시피대학교에서 영문학 문학석사 학위를, 뉴욕주립대학교에서 영문학 문학박사를 받았다. 포스트모더니즘을 비롯한 서구 이론을 국내 학계와 문단에 소개하는 한편, 이러한 방법론을 바탕으로 한국문학과 문화 현상을 새롭게 해석하여 주목을 받았다. 하버드대학교, 듀크대학교, 노스캐롤라이나대학교 등에서 교환 교수를 역임했다. 현재 서강대학교 명예교수이다.

저서로는《모더니즘과 포스트모더니즘》,《포스트모더니즘》,《문학 생태학을 위하여》,《은유와 환유》,《수사학이란 무엇인가》,《번역의 미로》,《소설가 서재필》,《눈솔 정인섭 평전》,《오역의 문화》,《번역과 한국의 근대》,《외국문학연구회와〈해외문학〉》,《세계문학이란 무엇인가》,《시인은 숲을 지킨다》,《문학을 위한 변명》,《지구촌 시대의 문학》,《적색에서 녹색으로》,《부조리의 포도주와 무관심의 빵》,《문학이 미래다》가 있으며, 옮긴 책으로 헤밍웨이의《노인과 바다》,《무기여 잘 있어라》,《태양은 다시 떠오른다》,《누구를 위하여 종은 울리나》외에《위대한 개츠비》,《왕자와 거지》,《톰 소여의 모험》,《허클베리 핀의 모험》,《동물농장》,《앵무새 죽이기》,《이선 프롬》,《새장에 갇힌 새가 왜 노래하는지 나는 아네》등이 있다. 2011년 한국출판학술상 대상을 수상했다.